dia de ressaca

maylis de kerangal

dia de ressaca

Tradução de
Ivone Benedetti

1ª edição

EDITORA RECORD
RIO DE JANEIRO • SÃO PAULO
2025

CIP-BRASIL. CATALOGAÇÃO NA PUBLICAÇÃO
SINDICATO NACIONAL DOS EDITORES DE LIVROS, RJ

K47d   Kerangal, Maylis de
          Dia de ressaca / Maylis de Kerangal ; tradução Ivone Benedetti. - 1. ed. -
Rio de Janeiro : Record, 2025.

          Tradução Jour de ressac
          ISBN 978-85-01-92429-2

          1. Ficção francesa. I. Benedetti, Ivone. II. Título.

25-98157.0   CDD: 843
                           CDU: 82-3(73)

Gabriela Faray Ferreira Lopes - Bibliotecária - CRB-7/6643

Título original:
Jour de ressac

Copyright © Éditions Gallimard, août 2024.

Texto revisado segundo o Acordo Ortográfico da Língua Portuguesa de 1990.

Todos os direitos reservados. Proibida a reprodução, no todo ou em parte, através de quaisquer meios. Os direitos morais da autora foram assegurados.

Direitos exclusivos de publicação em língua portuguesa somente para o Brasil adquiridos pela
EDITORA RECORD LTDA.
Rua Argentina, 171 – Rio de Janeiro, RJ – 20921-380 – Tel.: (21) 2585-2000, que se reserva a propriedade literária desta tradução.

Impresso no Brasil

ISBN 978-85-01-92429-2

Seja um leitor preferencial Record.
Cadastre-se no site www.record.com.br e receba informações sobre nossos lançamentos e nossas promoções.

Atendimento e venda direta ao leitor:
sac@record.com.br

"Mas só um homem – como uma cidade"
William Carlos Williams, *Paterson*

Recebi a ligação por volta das duas da tarde, tinha acabado de entrar em casa, ainda estava com o casaco nas costas e a bolsa contra o quadril, pesada, uma pedra, que vasculhei sem encontrar o celular, acabei até por esvaziá-la em cima da mesa da entrada que serve de depósito de lixo, mas nada, fiquei imóvel, o apartamento estava deserto, as vibrações do telefone eram perfeitamente audíveis, ao passo que a fonte delas me parecia distante, ilocalizável, apalpei os bolsos, que eram fundos e baixos, cheios de papeizinhos amassados, migalhas, aparas, senti a capa do celular vibrar sob meus dedos através do tecido e, quando finalmente o peguei, a tela exibia um número de telefone fixo, código 02, Oeste, atendi, um homem se apresentou como "policial judiciário" e pediu para falar comigo, eu disse que era eu mesma indo como autômato para a cadeira mais próxima porque o chão já estava fugindo sob meus pés, e ali, sentada, fiquei ouvindo aquele que, usando linguagem neutra e factual, típica de quem cumpre formalidades, me intimava a me apresentar no comissariado de polícia do Havre: gostaríamos de ouvi-la no contexto de um assunto que lhe diz respeito.

Balbuciei: o quê? que assunto? O policial declarou que dois dias antes havia sido encontrado o corpo de um homem numa via pública do Havre, indivíduo não identificado, que se supunha que eu poderia fornecer informações, que eu tinha de ir lá. Na minha frente, o corredor se encurvava como uma pista de bobsleigh. Eu sentia tamanha sensação de velocidade que procurei um ponto fixo para pousar os olhos – o logotipo da Nike de um tênis forrado de jornal que estava secando sob o aquecedor, uma maçaneta de baquelite, um losango no tapete. O policial me pediu que fosse ao comissariado do Havre no dia seguinte às nove da manhã, para uma oitiva, respondi tudo bem, desligamos, e o tempo imediatamente se quebrou em meus ouvidos, craque, fraturado em dois, manhã e tarde agora inconciliáveis e tão divergentes, desconectadas, estranhas uma à outra, que se tornavam incapazes de reunir o mesmo dia, aquele que eu estava vivendo.

Depois disso, o silêncio endureceu na sala como gesso ao ar livre, e eu fiquei sem me mexer, sem forças, impotente para desacelerar o fluxo de perguntas que se formava em mim, perguntas que eu logicamente deveria ter feito ao policial, caso a autoridade impessoal dele não tivesse me mantido a distância, perplexa, tentando selecionar os dados contidos na frase: *corpo de um homem, via pública, Havre*. Aliás, foi o fato de ouvir esse nome, Havre, isolá-lo como um grãozinho em meu ouvido, que tumultuou a ligação, desferiu-lhe uma pancada surda, porque – mas o policial sabia? – morei naquela cidade, lá brotei como capim e cresci até atingir tamanho adulto, assim como os dentes, os pés, o coração e os pulmões que vão juntos. O que eu tinha em comum com o homem encontrado era, no mínimo, o Havre.

Diante de mim, a cozinha estava fria, pompeiana, tudo tinha ficado em suspenso, parecia até que um alerta soado no prédio obrigara a fugir a toda pressa – o café formava um depósito escuro no fundo das xícaras, o cereal havia secado nas tigelas, e migalhas de pão estalavam sob meus pés. Nem Blaise nem Maïa tinham se dado o trabalho de tirar a mesa do café da manhã, isso deveria me deixar nervosa, mas ignorei a bagunça, a sujeira, atordoada, *um assunto que lhe diz respeito*, e fui passar água fria no rosto, pensando, com os braços estendidos contra a pia e a cabeça pendente entre os ombros, que, a priori, ninguém tinha dado falta de nenhum homem do meu círculo, nenhum deles havia desaparecido nos últimos dias, caso contrário eu saberia, sim, teria recebido uma mensagem, teriam me ligado, isso é certo, e, embora o anúncio de uma notícia ruim sempre tivesse o efeito – eu sabia – de pôr em ação certa rede de relações, de mapear intermediários, posições, às vezes contatos insuspeitados dentro de um grupo, essa estrutura não me era especialmente favorável – magoava-me saber de um falecimento após vários dias, de um nascimento após várias semanas, às vezes tive até a impressão de que meu número tinha ido parar entre os últimos da lista oficial de comunicações.

Fui me deitar no sofá da sala, com os pés elevados, a respiração curta, ainda de casaco. Oprimida como se uma criança de cinco anos estivesse sentada sobre meu peito. *O corpo de um homem.* A luz de novembro – transparente, perolada, um vidrado – tombava no aposento em raios oblíquos, revelando a matéria invisível da atmosfera, toda aquela poeira em suspensão. Percorri no celular as mensagens de texto da última semana, as de WhatsApp, fui ver e-mails, spams, esquadrinhei a tela sensível ao toque, fria como um espelho, em busca de uma pista. *Um assunto que lhe diz respeito.* Algum parente meu poderia muito bem ter morrido sem que ninguém soubesse de nada, percebesse sua ausência, pensei, desviando o olhar para os grandes livros de tipografia que recobriam a parede, era possível, ao contrário dos desaparecimentos de crianças, os dos adultos não são necessariamente alarmantes, muitas vezes as pessoas também se afastam, ávidas por solidão, como de vez em quando acontece comigo, elas se mandam de carro, sobem num ônibus ou num trem, caem fora por um tempo que muitas vezes excede três dias, esquecendo conscientemente seus documentos para esquecer quem são. *O corpo de um homem.* De repente, pensei em Louis Kahn, fulminado por um infarto no subsolo da Penn Station numa noite de março de 1974, quando voltava de Bangladesh: três dias, esse foi o tempo necessário para ser identificado, no necrotério de Nova York, aquele arquiteto de fama mundial que havia projetado universidades, bibliotecas, parlamentos e museus e cujo endereço no passaporte estava arranhado a ponto de se tornar ilegível, semelhante ao vestígio de um segredo; lembrei-me de que aquele homenzinho trabalhava o concreto puro e a luz, a monumentalidade, o mistério, o que, evidentemente, me levou de volta ao Havre.

Quanto tempo fiquei ali como uma estátua jacente, olhando para o teto, com os pensamentos presos numa espiral em que rodopiava a ligação do policial, montando roteiros tão fracos que desmoronavam em poucos segundos? No bolso do casaco, sentia o livro que Herminée Kartzavodiou me empurrara depois do almoço, na entrada da pizzaria, argumentando com seu forte sotaque grego que estava procurando alguém para gravar aquele texto notável, texto atual – ela falava bem perto do meu rosto, e sua pele amarelada, seus cabelos tingidos de preto-corvo, sua íris esquerda opacificada por um glaucoma, tudo isso lhe dava a aparência de velha pítia. Eu tinha olhado a capa de relance: *Outono alemão*, Stig Dagerman, aquilo me dizia vagamente alguma coisa, ela havia acrescentado leia logo, depois me beijou numa nuvem de Shalimar que não conseguia camuflar a de seu Marlboro Light, e eu a acompanhei com o olhar, enquanto ela se afastava em direção ao metrô Bonne Nouvelle, silhueta baixinha com forma de pera e passo determinado.

O barulho de uma britadeira fez as janelas da sala vibrarem, o asfalto estava sendo quebrado para criar uma ciclovia lá embaixo, na avenida. *Na via pública.* Lá fora o céu era cinzento, algumas janelas estavam iluminadas no prédio da frente, acabava-se de entrar no horário de inverno, talvez fossem quatro da tarde, eu não sabia. A ideia de abrir minha lista telefônica e ligar para os homens do meu círculo, um a um, arriscando-me a passar o resto do dia contatando homens queridos, sedutores solitários, primos distantes – e o círculo de meus sentimentos ia se expandindo para amigos, colegas, conhecidos, desviando para o Havre, que eles poderiam ter conhecido de mil maneiras –, a possibilidade de fazer a todos uma ligação rápida, destinada apenas a garantir que estavam vivos, essa ideia passou pela minha cabeça no mesmo momento em que ouvi o som da chave na porta e reconheci os passos de Blaise, passos sutilmente arrítmicos – ele tem uma perna mais curta que a outra e tão leves que o soalho não reclamou.

Um instante depois, ele estava na minha frente, com capa de chuva amarrotada, gravata desamarrada, pesada mecha cinza pendente sobre o rosto nada descansado. Aproximou-se, precedido pelo cheiro de noite insone e grafite, voz engrossada pelas cigarrilhas, e pôs a mão na minha testa, surpreso por me encontrar deitada na sala em plena tarde: o que está acontecendo? você não trabalha hoje? está doente? Revigorada pela simples presença dele, me levantei e, desamarrando o cinto do casaco, lembrei-lhe, lacônica, que minha gravação tinha terminado na semana anterior, e ele bateu na testa: é mesmo! Estava voltando de Vosges, aonde tinha ido no dia anterior para se encontrar com fabricantes de papel de alta qualidade, levando o "carro da empresa", como chama, brincando, uma perua Volvo 1993 com trezentos mil quilômetros rodados, que tem a vantagem de poder ser configurada como utilitário, transportar caixas e material miúdo de tipografia, mas já perdeu a suspensão e lhe detona a coluna.

A fábrica de Vosges era um moinho histórico de produção muito procurada. Blaise tentou renegociar preços que estavam disparando, mas, principalmente, reservar os diferentes papéis apropriados às suas atividades, papéis que, nestes tempos de escassez e para um pequeno tipógrafo como ele – artesão que não produzia livros, mas cartões de visita, convites, menus ou outros tipos de cartões de participação, "coisa miúda", enfim –, nem sempre estavam garantidos. E aí, deu certo, conseguiu o papel? Pus a mão em seu rosto, ele beijou a palma, alisou o cabelo para trás, deixando à mostra grandes reentrâncias que penetravam longe, por baixo da cabelama: sim, o papel é bom. Ele minimizava sua satisfação, eu imaginava, tirou a gravata cor de berinjela pela cabeça, acabou por confessar que na volta tinha feito um desvio para ver uma impressora usada em liquidação, num galpão perto de Charleroi, uma OFMI Heidelberg, você tinha de ver. Enfim, conseguira comprar, estava contente com o negócio e tão cansado que hesitei em lhe falar da ligação do policial. No momento em que ia para o nosso quarto, eu o retive: Blaise, espere, preciso te contar uma coisa, uma coisa bizarra. Ouvindo essas palavras, ele se virou, devagar, como um cargueiro mudando de rumo. Tentei ser sóbria, concisa, evitei digressões e atenuei meu desconforto, mas, na hora em que pronunciei "Havre", senti que ele também reagia, com seus olhões cinzentos fixados nos meus. *O corpo de um homem, na via pública.*

Não fui junto quando ele escapuliu sem dizer palavra, com as mãos sobre a coluna lombar, barriga para a frente, revirando o pescoço como se quisesse estalar algumas vértebras cervicais doloridas, mas, movida não sei por qual impulso arcaico, desatei a fazer naquele apartamento onde morávamos havia quase vinte anos o que tinha prometido a mim mesma não fazer de novo, quer dizer, arrumar, limpar, recolher, esquecida das declarações solenes que havia feito sobre o assunto, dos post-its na porta da geladeira, avisos destinados àqueles que moravam ali e, tudo indicava, achavam que viviam num hotel, ou seja, Blaise, beneficiário de um histórico regime de exceção, ao qual eu, periodicamente, pretendia pôr fim sem conseguir, e Maïa, nossa magnífica filha, pouco preocupada com a vida doméstica, e, assim, esquecida dessas resoluções, pus mãos à obra em pias, armários, no fundo das latas de lixo e das máquinas de lavar, passei aspirador esbarrando em rodapés, *o corpo de um homem*, tão agitada, tão barulhenta, que não ouvi Blaise voltar por trás de mim, mudando de ideia, coçando a nuca, com o cotovelo levantado, estilo inspetor Columbo naquele momento, mesmo jeitão desmazelado, mesmo jogo de velocidades – lento por fora, rápido por dentro: pode-se saber no que essa história lhe diz respeito? Calei o aspirador com uma pisada, depois, dobrada sobre a haste, olhei nos olhos de Blaise e repeti, palavra por palavra, o que o policial havia dito, destacando as sílabas, exagerando na exatidão, acrescentando que no dia seguinte eu iria no primeiro trem para o Havre dar um depoimento, que eu era esperada no comissariado, que a gente veria. Ele me ouviu com tanta atenção que acreditei que finalmente iria falar, que havia pensado em algo especial, alguma coisa de que tivesse se lembrado, numa daquelas intuições tardias, costumeiras nele, marcas de sua própria genialidade assim como de uma maneira de estar constantemente fora do ritmo, mas, em vez disso, ele cruzou os braços, com as mãos nas axilas, olhar fixo, depois finalmente desgrudou do batente da porta murmurando vou me deitar, preciso dormir um pouco, e como o dia, fraturado, tinha se tornado insuportável, acompanhei-o ao nosso quarto, onde as cortinas estavam fechadas, onde ele se deitou em posição fetal, onde eu me encaixei atrás dele, com a boca na nuca dele, os joelhos na concavidade dos dele, os maléolos de nossos tornozelos mutuamente acariciados, meu braço por cima do quadril dele e a palma da minha mão apoiada em sua barriga, que se espalhava para o colchão, colando-me às suas costas como se quisesse entrar por osmose naquele sono que o dominara, mas se recusava a mim. *Um assunto que lhe diz respeito.*

a cidade no chão

No Havre o dia estava nascendo. Uma chuvinha fina rabiscava a cidade obliquamente. Uma mensagem de Maïa apareceu no meu celular no momento em que abri a porta do Terminus, o bar-tabacaria em frente à estação: cadê você? Virei-me para a decoração em vermelho e preto, ladrilhos cinzentos, grandes espelhos nos quais se refletiam alguns clientes com olhar de câmara lenta pousado em tabelas de jogos e copos de bebida forte, e eu no meio deles, desinquieta, com minha tralha contra o quadril.

Atrás do bar, a garçonete operava a máquina de café com a energia desproporcional que tem algo de desespero e raiva, cabelos já grisalhos e pele vincada, mas a reconheci, incrustada no balcão, ombros pontudos, busto estreito sob a blusa de trabalho surrada, bíceps tatuado no braço magro, unhas quebradas, ela está lá desde sempre, sempre esteve lá, busquei seu olhar quando ela largou meu copo no balcão, achei que talvez me reconhecesse, afinal eu tinha ido tantas vezes ao Terminus, mas não, passou direto para outra coisa, sem dizer uma palavra, e voltou a trabalhar de costas para o salão, sem sequer um olhar para os colegiais que ocupavam o banco, que circulam e se apinham por lá desde que existem bancos e adolescência, e, embora aqueles estivessem debruçados sobre seus celulares, zapeando, seguindo, sendo seguidos, dando likes em stories, a cena continuava a mesma, exatamente a mesma – e eu no meio deles, vestindo a japona vermelha dos meus quinze anos –, os mesmos corpos aglutinados em enxame e padronizados como borboletas, ainda que isso signifique usar tênis de plataforma feitos de um mix de materiais, bonés Gucci falsos e piercings nas sobrancelhas. Um deles tinha deixado o celular em viva-voz, de acordo com uma moda recente e francamente desagradável, voz de fundo misturada às deles, *starfoullah*, estou com covid, trombeteava, tanto que o velho punk que lia *Paris-Normandie* na mesa ao lado se levantou imediatamente para ficar perto do bar.

Lá fora o vento aumentava, a garoa açoitava os vidros intermitentemente, mas ninguém na sala reagia às ruidosas variações do tempo nem arriscava um olhar para os tanques ultrarrápidos que investiam por campos amarronzados, em direção a seres humanos que, amontoados em porões e edifícios demolidos, se revezavam na enorme tela plana pendurada na parede, imagens mudas, sublinhadas, com indiferença, por uma barra de notícias obcecada por Harry e Meghan. Comprei cigarros. Matutava algo para responder a Maïa, que insistia, teimosa: cadê você? o que está fazendo? Digitei "reunião de trampo / volto à noite", e enfiei o celular no bolso – não sei por que estou mentindo para ela.

Tudo dormia em casa quando escapuli, quietude de caldeira e respirações humanas, ainda não eram seis da manhã, e eu tinha fechado a porta sem fazer barulho, acreditando que Maïa e Blaise logo se levantariam para sair em direção a Bobigny, Étampes ou Villacoublay – é sempre Blaise que dá suporte nas competições de esgrima, prepara os sanduíches de ovo-atum-maionese e enche as garrafas de água enquanto Maïa se concentra em seu equipamento como um negociante de diamantes em suas pedras, verifica tênis, meias, calças, plastrão, jaqueta, colete elétrico, luvas, fio elétrico, máscara, tudo arrumado, peça após peça, em sua grande bolsa esportiva, inclusive florete, ambos metódicos, silenciosos, mal se ouve o cicio das roupas, o zipe do fecho ecler, o som da cafeteira e, chegando a hora, Maïa digita seus primeiros SMSs, passa-se para pegar dois ou três outros esgrimistas na gare du Nord, em Châtelet, e "partiu". Achava que não tinha acordado ninguém, mas, na escada, olhando para cima, vi Blaise no patamar, desgrenhado, de pijama desabotoado, barriga de fora e muito mais maciço do que eu teria acreditado, visto assim de baixo para cima, não se preocupe, me ligue depois, murmurou, cabeçorra inclinada sobre o corrimão, pálpebras inchadas, parecendo cascas de nozes. Respondi que lhe daria um toque depois de falar com o policial e desci. Tinha pressa de estar lá fora, pressa de estar no frio intenso, cortante, resgatada de uma noite arruinada por despertares sucessivos, quando a frase do policial logo retornava, ondulante, recorrente, como um baixo contínuo, *o corpo de um homem, na via pública, Havre*. Mas eu não estava preocupada: era mais o espanto que me mantinha de olhos abertos, a certeza de que minha vida havia dado uma virada no dia anterior, por volta das duas da tarde, sofrido um levíssimo abalo, um desvio que só eu conhecia, como um ínfimo erro de cálculo introduzido na configuração orbital de uma espaçonave, mas um desvio que, eu sabia, a longo prazo se tornaria tangível.

Caminhei rapidamente em direção à estação de metrô, baladeiros em final de noite pediam pratos de fritas nos bares argelinos da rua Faubourg-du-Temple, e na praça já havia gente em volta da estátua da República. Mais tarde, quando me vi refletida na janela do vagão do metrô, rosto modelado sob as lâmpadas fluorescentes, pálida no casacão escuro, alça da bolsa atravessada no peito, tive um sentimento confuso, nebuloso mesmo, o de ser agente secreto da minha própria existência: ninguém poderia imaginar o que eu ia fazer no Havre, nem eu tinha ideia clara do que me esperava – será que teria de reconhecer um cadáver deitado numa maca que sairia deslizando das profundezas de um compartimento refrigerado, puxada pela alça, cadáver que só teria a cabeça para fora de um lençol branco como em *Los Angeles District*? –, eu era impenetrável, o metrô entrava no túnel escuro, olhei um por um para aqueles que estavam ao meu redor, alguns de pé, sendo sacudidos, rostos impassíveis diante da tela do celular, outros sentados, de olhos fechados, indiferentes à estridência dos trilhos que, no entanto, devia romper-lhes os tímpanos, alguns ainda com as máscaras azuis e brancas da pandemia, circulando sem baixar a guarda, cada um em sua vida incognoscível, cada um em sua missãozinha clandestina, talvez seja isso que chamam anonimato das grandes cidades, e lembrei que o homem encontrado morto no Havre ainda não tinha nome quando o policial me ligou no dia anterior. *Um indivíduo não identificado.* Chegando à estação Saint-Lazare, eu me dirigi sem pensar aos trilhos da direita sob o teto de vidro, do lado da rua d'Amsterdam, o trem já estava lá, plataforma 20, linha sempre cadenciada pelas mesmas estações, Rouen, Yvetot, Bréauté-Beuzeville, depois o Havre, terminal, todo mundo desce, terminal que não faz jus ao nome que tem: nada poderia terminar nesta cidade, você acha que a coisa para, que se está no fim do continente, mas desce do trem e imediatamente é o mar, então a coisa continua. A menos que se morra na via pública, pensei, dando uma olhada para fora, à espera de uma calmaria.

Desci o bulevar Strasbourg andando rente às fachadas para me abrigar. Isso aqui se transforma, se metamorfoseia, é assim que as cidades vivem, pensei eu, também transformada, inevitavelmente mudada depois de todos esses anos. Um campus universitário agora se estendia atrás da estação, hotéis de luxo erguiam-se à beira da bacia Vauban, as docas tinham sido convertidas em galerias comerciais, haviam criado um porto de lazer, trazido de volta o tramway, plantado árvores: o Havre ainda estava passando por surtos de crescimento da adolescência. Mas a cidade da qual sou filha permaneceu indiferente a tudo isso. Ela ignorava essas manipulações e nem ligava para essas artimanhas, conservava-se sob a superfície visível das esplanadas paisagísticas, no avesso dos polos funcionais e dos enxertos urbanos, por trás das marcas de *fast fashion* e padarias industriais, aquém da reabilitação patrimonial e de equipamentos novinhos em folha. Resistia a seu próprio urbanismo. Vivia em outro lugar, sob as nuvens e no vento. Só me interessavam os dados armazenados em meu cartão de memória, as linhas enterradas e velhas visões, antiquíssimos referenciais – o céu vagamente mais claro no oeste, os corredores de vento, a forma da fumaça. Por isso, o que perpassou meu coração mortal, fugaz, mas afiado, enquanto eu evitava quebrar a cara no chão da calçada vitrificada por folhas mortas, tinha pouco a ver com sentimento de perda, azar melancólico, tristeza sentida diante do que se apaga, se altera, se torna irreconhecível, mas se relacionava com outra emoção, também pungente, a que se sente, pelo contrário, diante daquilo que, ao longo do tempo, persevera e se assemelha a si mesmo, diante do que havia sobrevivido e que eu podia reconhecer. Tanto tempo que não volto ao Havre.

O azul e o vermelho da bandeira nacional se destacavam de longe no cinzento: a última vez que pisei num comissariado, três anos antes, foi para declarar o roubo do meu passaporte, pescado do bolso de minha jaqueta enquanto esperava na fila do cinema na parte de baixo do bulevar Richard-Lenoir. Não é um lugar aonde se queira muito ir, mas hoje parece que estou correndo para lá.

De pé na recepção, um policial fardado se atarefava na central telefônica, mas não deixava de fotografar com o olhar cada pessoa que passava pelo portão de segurança. Barulhento aqui. Adiantei-me em direção ao guichê e, quando pronunciei o nome de quem tinha me convocado para as nove da manhã, o plantonista estendeu o braço para o fundo do salão: lá, ele acabou de chegar. Virei-me: de fato, um sujeito andava devagar a alguns metros de distância, ao pé de uma escada, com o celular no ouvido, a outra mão no bolso da frente do casaco, boina enfiada até as sobrancelhas. Ele virou a cabeça, nossos olhos se encontraram, eu o ouvi concluir a ligação enquanto vinha em minha direção e reconheci perfeitamente sua voz quando se apresentou: tenente Zambra. Logo em seguida, eu penetrava atrás dele nas profundezas do prédio, onde seu nome ecoava nas soleiras das salas e nas escadas, no fim dos corredores:

oi, Zambra, tudo bem, garoto? oi, Zambra, tudo bem, meu chapa? Circulamos muito tempo pelos andares, às vezes tive a impressão de que passávamos várias vezes pelo mesmo lugar, ele andava depressa e impunha seu ritmo, carregado com uma mochila impermeável de trilha, na qual se adivinhava um computador, e acabei por me perguntar se aquele jeito de me pôr para correr naquele labirinto era um teste, se aquilo já não fazia parte do interrogatório.

Sala comprida, duas mesas – dois montes de papéis – espaçadas o suficiente para permitir que um visitante se sentasse de frente, dois armários com portas metálicas retráteis, um grande painel de cortiça coberto de circulares em papel timbrado do Ministério do Interior e, na parede pintada de azul-bebê, um relógio e um grande mapa do Havre. Zambra tirou a boina, e a luz imediatamente abrasou seu cabelo ruivo, cortado rente e tão basto, tão grosso, que instantaneamente me sugeriu pelagem de raposa. Descobriu o computador, ficou de quatro embaixo da mesa para ligá-lo à rede elétrica com um cabo preto grosso, entre o suéter e o cós elástico da cueca apareceu uma faixa de pele muito branca, depois ele se levantou num pulo, não muito alto, mas flexível, peito malhado debaixo do suéter azul-marinho, articulações robustas, cerca de trinta anos, ligou a máquina e apontou a cadeira, sente-se, colocou o telefone ao alcance da mão, pegou um caderno, algo para escrever, depois disso seus olhos não me largaram.

***

Convocamos e verificamos que se apresenta diante de nós o senhor/a senhora X, que declara, sobre a sua identidade... Já nas primeiras palavras percebi que tinha caído lá de paraquedas, que havia subestimado o conteúdo da reunião, sua formalidade, que *oitiva*, em minha mente, representava uma entrevista de contornos imprecisos – na verdade, eu esperava mais ouvir do que falar. De acordo com o procedimento, começou-se por informar meus dados no formulário digital do relatório, as perguntas foram curiosamente redigidas na primeira pessoa – *meu nome é..., nasci em..., de nacionalidade..., exerço a profissão de...* Zambra lia em voz alta, interrompia a frase e eu preenchia seus brancos como se incorporasse naturalmente as categorias administrativas, como se me encarregasse delas, como se fossem óbvias, estabelecendo progressivamente a combinação ímpar de minha identidade. No entanto, quanto mais avançávamos no questionário, mais eu percebia que, além da data e do local de nascimento, nenhum daqueles dados era imutável, todos estavam sujeitos a mudanças, minhas palavras flutuavam, desligadas de mim, cada vez mais abstratas, vindas de uma arbitrariedade dissociada de minha pessoa. Pela janela, eu podia ver a bacia Vauban, onde se agitavam águas cor de chá com leite.

O jovem policial cruzou as mãos acima do computador. Dele emanava forte tensão física, algo de seco e concentrado, uma carga dissuasiva que o mantinha distante – era o tipo de cara que tiraria a tua coragem de furar a fila do McDonald's ou de gozar sem dó nem piedade só para fazer a galera rir. Ele estava lá, um bloco. Tentei adivinhar se ele havia cruzado meus dados com os que minha operadora de celular teria necessariamente fornecido. *Um assunto que lhe diz respeito.* De repente, ele olhou para o relógio da parede e, como se detectasse um sinal de largada, perguntou de chofre se eu ia com frequência ao Havre. Eu me endireitei: não. Ele encadeou – cada sílaba destacada com vigor, dentais tônicas, ligações bem audíveis, vogais fechadas, sombrias: mas a última vez foi quando? A porta da sala tinha ficado entreaberta, dava para ouvir os barulhos do corredor, passos, vozes, campainhas. Não sei, mais de vinte anos. E não voltou desde então? Repeti: não, não tive nenhuma razão especial para retornar. Ele se levantou para se aproximar da janela salpicada de chuva, apoiou-se no parapeito, mas, mesmo de costas, eu sentia que me olhava, que só pensava em mim. Virou-se. O que estava fazendo em 15 de novembro? Em 15 de novembro? Senti uma mudança em meu ritmo cardíaco, minha saliva ficou azeda. Sim, na última terça-feira, a senhora estava onde, o que estava fazendo? Ele falava com um sotaque marcado, no qual coexistiam o Havre e o Estado, o sotaque local neutralizado pelo fraseado policial padrão, subjugado, controlado, quase clandestino na mandíbula que se deslocava e dançava como se ele estivesse mascando chiclete. Uma onda de calor subiu-me à cabeça. Não me lembro. Pensamentos agitados fervilharam em torno de um pequeno espaço vazio cavado em meu cérebro. Não se lembra?, perguntou Zambra. Não faz tanto tempo, afinal, foi há três dias, vamos, faça um esforcinho. Peguei meu celular, certa de que encontraria, armazenadas em meus arquivos, mensagens de SMS ou fotos datadas de 15 de novembro. Mas, enquanto digitava a senha do aparelho, me lembrei, e o eco de minha voz ressoou entre as paredes azuis acetinadas: no dia 15 eu estava em Londres para uma pós-sincronização, como lhe disse sou dubladora de cinema, voltei tarde da noite.

Ele abriu espaço em sua mesa, as pilhas de papel ganharam altura nos cantos, depois abriu uma pasta de papelão, dela tirou várias fotos de mesmo formato e as alinhou uma a uma na minha frente, fazendo-as estalar na fórmica, mais ou menos como se estivesse distribuindo um baralho – mãos longas, finas e brancas, com unhas limpas, mãos que não combinavam com seu corpo troncudo, que pareciam até grampeadas nos punhos. Portanto, pôs as cartas na mesa, depois se afastou, foi ficar encostado na parede, em posição de espera. Tremendamente ruivo. Olhos pretos e límpidos, pálpebras ao mesmo tempo fendidas e inchadas, olhos de grãos de café. Provavelmente se trata de homicídio.

Homicídio. A realidade se gretou sob o efeito de forte pressão. Algo me impelia para as fotografias – desejo dúbio de ver –, mas meus olhos procrastinavam, fugiam para os lados. No entanto, eu me achava capaz de suportar o que elas representavam, sem de fato temer seu impacto, a marca visual que elas poderiam depositar em mim – minhas pupilas estão há muito acostumadas ao espetáculo da violência que a rede global de imagens carrega ininterruptamente para minhas telas, minha bolsa, debaixo do meu travesseiro, e eu acomodo minha visão a qualquer foco automático: meu cristalino se deforma e arqueia, os raios luminosos que emanam das imagens convergem para minha retina, sei fazer isso sem pestanejar –, mas naquele segundo eu me bloqueava.

Olhe essas fotos. A voz de Zambra tinha se aproximado. Eu desviava o olhar: medo de que aquele cadáver me dissesse alguma coisa, que fosse, para mim, um morto em particular, e não um desses corpos anônimos que as tragédias fundem com milhares de outros. Minha mandíbula se apertava, eu tinha um caroço na garganta, vontade de cuspir.

Uma mulher apareceu na porta do escritório, com uma mão na maçaneta. Dirigiu-se a Zambra sem me levar em conta: duas toneladas, você viu? Ele se sobressaltou, e ela continuou, satisfeita com o efeito produzido: alfândega, duas toneladas, pegaram à noite, num contêiner de bananas, no terminal France; o chefe dos Narcóticos, Beauvau, está todo mundo vindo, é o Festival de Cannes. Zambra baixou os olhos para as fotos espalhadas à sua frente e, ainda calmo: prenderam os traficantes? A mulher tirou do bolso um pacote de balinhas Haribo, abriu-o com os dentes e ofereceu, recusei, Zambra idem, mas ela insistia, vamos, pegue um vermelho, os vermelhos são os melhores, Zambra balançava a cabeça, não, sério, obrigado, depois disso ela, de boca cheia, continuou, nan, não prenderam, cataram o pó, mas os caras, não, na verdade eles suspeitavam do contêiner, bananas da Colômbia, eles o isolaram no controle e, quando sondaram as caixas, bingo, as barras de cocaína estavam tão comprimidas, tão duras, que as hastes nem conseguiam atravessar, o selo do contêiner tinha sido falsificado, puro cambalacho, foi o que disseram.

A situação disparou, tive a sensação de estar sendo projetada numa onda forte, virei-me para a mulher da soleira, quarentona baixinha e vigorosa, calça legging preta e jaqueta puffer aberta sobre um suéter bordado com lantejoulas, ar sólido, cabelos castanhos com longas raízes pretas, assentado para trás e preso num rabo de cavalo, rosto quadrado. Zambra não dizia mais nada, esperava que ela se mandasse, que nos deixasse prosseguir, oitiva interrompida no instante em que ele pronunciou a palavra homicídio, palavra que deveria produzir efeito, mas a mulher ficava ali parada, satisfeita consigo mesma. Um movimento de cabeça em direção à mesa bagunçada atrás de mim e ela encadeou: notícias do Vinz? Zambra começava a ficar tenso: sai ao meio-dia. Ela fez uma careta, engoliu outro crocodilo: ele teve sorte. Aí o jovem policial interrompeu curto e grosso: Nadia, depois vou falar com você. Percebendo de repente que eu estava lá, ela me mediu da cabeça aos pés, a tal ponto que ele esclareceu com relutância: é sobre o cara da praia. Ah, ok. Ela amassou o pacote de guloseimas vazio, jogou-o no cesto e provavelmente fez para Zambra algum sinal que não captei, porque ele se levantou para ir até ela e puxou a porta depois de passar, mas sem fechar completamente, de modo que eu podia ouvir o que eles diziam no corredor, principalmente quando era Nadia quem falava: a tua história tem a ver com tráfico de drogas, tá na cara, o teu homem devia trabalhar pra eles, foi apagado longe de casa, azarado, esquece, deixa com o pessoal dos Narcóticos, além disso você está sem o Vinz, ele vai sair dessa, mas não deve voltar tão já, e isso é coisa grande, muito grande, não é brincadeira.

Eu prendia a respiração, meus olhos percorriam a sala, giravam em torno das fotos. Era como se, de repente, eu tivesse sido conectada aos fluxos ocultos que fazem o mundo real funcionar, aqueles que passam por comissariados, entre outros locais. Fiz esforço para ouvir: atrás da porta, Zambra resistia a Nadia e de repente se tornou taxativo ao dizer que o procurador lhe havia ordenado que continuasse as investigações, que, até segunda ordem, o caso era dele.

E aí? Zambra voltou ao seu lugar, já concentrado de novo. Na minha frente, enquadradas na vertical, foscas e sem margens, tiradas em luz natural, cinco fotos em preto e branco apresentavam o mesmo homem deitado sobre seixos. *O corpo de um homem.*

Uma grande pedra salpicada de óleo combustível margeava o canto de cada foto. Perguntei: onde é isso?

Zambra se inclinou sobre as imagens, sua correntinha de ouro oscilou no vazio: no dique Norte, do lado da praia, foi encontrado lá. Ouvi esse nome, dique Norte, e imediatamente visualizei a longa muralha preta que marca a entrada do porto, o farol, a ponta do molhe, e meus pés começaram a tremer debaixo da cadeira de ferro, como que indicando que eu não voltaria a Paris antes de ver o lugar exato onde haviam fotografado o cadáver.

No mapa da cidade, o dique estrutura uma vasta zona, área móvel e extensível onde se delimitam as águas de trabalho e as de lazer, rebocadores e veleiros, o óleo combustível e o óleo de monoí, a entrada do porto e o canal, a esplanada onde fica estacionado o pequeno caminhão mítico dos sorvetes Ortiz, o parque de skate e o lendário playground, com suas grandes elipses de areia juncadas de escorregadores e carrosséis, onde os pais vão se congelar aos domingos enquanto as crianças se esbaldam — um relâmpago, e o contato metálico das barras do trepa-trepa queima minhas mãos, entro no pátio coberto em forma de flor que cheira a sal e mijo e avisto minha mãe, frágil e gelada, com as mãos nos bolsos da japona, lenço de seda amarrado à moda Audrey Hepburn, de pé sob um pórtico, com os profundos olhos pretos elevados para o trapézio onde meu irmão, de anoraque, se dependura pelos pés. Apesar da austeridade gráfica do passeio, sempre houve gente no dique Norte, gente durante todo o ano, em todos os climas, cães e crianças, namorados, corredores, pescadores, famílias que vêm comemorar uma excursão marítima, um retorno de cruzeiro, fotógrafos tentando capturar a disseminação da espuma pulverizada contra o paredão ou jovens ociosos que desafiam as ondas correndo o risco de ser levados pela rebentação, quando ela é ruim. Mais tarde, no crepúsculo, há aqueles que saem para "curtir o dique", na maioria das vezes solitários, às vezes a dois, e estes têm o corpo inclinado, a cabeça pendente, o passo longo e melancólico quando sobem a barra até o farol do anteporto, e o que eles têm na cabeça não sei, imagino que pensem na vida, o dique Norte é feito para isso, e, quanto mais eu refletia, mais achava que aquele não era realmente o lugar ideal para matar alguém ou se livrar de um cadáver.

Na primeira imagem, o corpo foi tomado por inteiro, deitado de costas, cabeça ligeiramente jogada para trás, olhos fechados. Está contorcido, em desordem, membros de qualquer jeito. Uma das pernas está dobrada em ângulo reto na altura do joelho, a outra está torcida para dentro, os dois braços abertos, o esquerdo deslocado no cotovelo, mãos abertas, palmas visíveis. Dá a impressão de que foi desovado ali, jogado como um saco. *Na via pública*. As outras quatro fotos mostram-no aos pedaços: a parte alta do corpo, o tronco, a cabeça, as mãos. Instintivamente, me dirigi à cabeça, em close, meus olhos examinaram a testa ampla e plana, inclinada para trás, os arcos supraciliares formando uma saliência franjada com sobrancelhas bastas, escuras, faces encovadas, nariz largo, queixo proeminente, boca enterrada numa barba de três dias, cabelos grisalhos, comprimento médio, cacheados, mechas largas. Pareceu-me ter hematomas no rosto e no pescoço. Percebi um véu rígido sobre as têmporas e as pálpebras, uma membrana transparente, o que dava ao conjunto uma aparência de máscara, e então, como se lesse meu pensamento, Zambra declarou que o corpo tinha sido descoberto às nove e quarenta e fotografado uma hora depois por um técnico da polícia científica, o sangue já havia começado a descer para as partes inferiores do corpo, a lividez já se fixara, o *rigor mortis* começava a aparecer. Enquanto o ouvia, continuava examinando, demorei um tempo, depois empurrei a foto, devolvendo-a a seu lugar com as outras: não havia ninguém para reconhecer naquela imagem, não havia rosto, mas uma face, não era a mesma coisa.

Não, nunca vi esse sujeito. No entanto, algo me impedia de ser taxativa: lembrei-me de ter lido na imprensa que, entre os familiares das vítimas dos atentados de 13 de novembro, alguns nem sempre souberam reconhecer filho, esposa, amigo, irmã ao irem ao Instituto Médico-Legal de Paris, no cais de la Rapée, que às vezes até se enganavam, confundindo os seus com estranhos e vice-versa, presos numa espiral de terror e esperança que os impedia de enxergar, um sofrimento tão grande, uma dor tão insuportável que o formato da testa, a linha do nariz, o contorno dos lábios e o arredondamento das bochechas, tudo aquilo em que pousa a ternura quando passa, furtiva, ligeira, quando se tece num gesto, a mecha colocada atrás da orelha, o beijo depositado na cúpula das pálpebras, tudo isso se tornou irreconhecível para eles. Como se a primeira obra da morte, expelindo da face toda e qualquer expressão vívida, fosse prejudicar o rosto humano, reduzi-lo a uma massa de músculos, nervos e ossos, um relevo de cavidades e saliências, e aniquilar qualquer possibilidade de identificação, foi o que pensei, com pressa de acabar logo com aquilo.

Ergui os olhos para Zambra, que não tinha se mexido: não, isso não me diz nada. Ele se afastou da parede. Ah, é? E as outras? Dei uma olhada para as fotos do busto, das mãos, mas nada. Corpulência mediana, embora a posição deitada modifique a aparência do abdome, um pouco de barriga, talvez, unhas sujas, escuras – óleo queimado, parecia. Calças jeans Levi's, camiseta I♥NY por baixo da jaqueta Nike, parca preta. Peças produzidas aos milhões em fábricas do tamanho de megalópoles e despejadas por contêineres cheios em todos os portos do planeta, roupas que se reciclam sobre várias peles antes de acabarem empilhadas nas colinas têxteis que estão engolindo Gana, ou se amontoarem em pleno deserto do Atacama. Poderia ser todo mundo, aquele homem, poderia ser qualquer um.

Atrás da vidraça, as águas espumavam na bacia Vauban, cada vez mais agitadas, cada vez mais brancas, e eu estava farta, farta, queria sair, sair dali. Lamento, mas não conheço, não sei. Zambra recostou-se na cadeira e, olhando para o teto, voltou a falar com voz lenta: esse homem não tinha nada com ele, nem carteira, nem telefone, nada, as investigações feitas no local onde o corpo foi periciado não revelaram muita coisa; ele não está em nenhum registro de pessoa procurada, de desaparecidos, nada. Inclinou-se de volta na minha direção, pegou as fotos espalhadas na mesa, uma a uma, e as enfiou no envelope. Ele está sozinho no mundo, sozinho como as pedras. Pode levar algum tempo, mas no fim vai ser identificado, isso é certo.

Quando disse essas palavras, um raio de sol varou o céu encoberto, e a sala se iluminou com uma luz de estufa. As paredes adquiriram estranho matiz esverdeado, e os cabelos do jovem policial, um tom laranja vivo. A única coisa – sua voz se reanimou enquanto tirava de um envelope de papel pardo um saquinho plástico transparente, semelhante a um saco para freezer –, a única coisa, por enquanto, é isto. Pressionou a parede do saco sobre um pedaço de papel que estava dentro, alisou-o com a lateral da mão e pediu que eu lesse o que estava escrito. Dez números em tinta azul. Risadas ultrarrápidas varreram a superfície da minha consciência. Era meu número de telefone.

Como é que o seu número foi parar aí, nesse ingresso de cinema, tem alguma ideia? Ele se levantou, deu alguns passos em direção à janela. Boa pergunta, murmurei. Como se não tivesse ouvido nada, ele continuou: foi a senhora que escreveu? Não, não fui eu, não é minha caligrafia. Ele suspendeu o saquinho contra a luz: é um ingresso do Channel. Passagem Victor-Segalen, um cinema do centro da cidade. Sessão de terça-feira, 15 de novembro, às 21h35. Verificamos que naquela noite o filme era *Queime depois de ler*. O ingresso foi encontrado no bolso da calça jeans do indivíduo.

Estas últimas palavras produziram uma onda de choque que distorceu a cena, um *blast*. Na minha frente, o mapa do Havre ganhou vida como o perfil de uma criatura humana, os diques do anteporto desenhavam uma boca aberta, escancarada, boca que queria dizer alguma coisa, mas sufocava, procurava ar no azul do mar. Meu olhar pairou sobre a rede de linhas, vagou pela praça da prefeitura, derivou por avenidas, cruzamentos e paisagens, subiu a rua Victor-Hugo, caminhou ao longo da vidraça embaçada do Bosco, da loja Pimkie, aonde eu ia com amigas para invadir os provadores nas tardes de sábado, amontoando atrás das cortinas roupas de dez francos que nunca comprávamos, e finalmente chegou ao Channel, aonde fui pela primeira vez ao cinema.

Balbuciei que não punha os pés no Channel havia anos, que nunca tinha visto esse filme. Ele voltou atrás, ah, mas deveria, é muito engraçado, hilário até, uma espécie de comédia de espionagem. Sorriu, com jeito de se lembrar de alguma cena, alguma fala espirituosa – incisivos amarelo-escuros, pontudos –, depois prosseguiu, os irmãos Coen, *O grande Lebowski*, *Fargo*, não vê? Sem esperar resposta, indicando dessa forma que tínhamos acabado, ele me entregou o relatório do depoimento para assinar, confirmando assim minhas declarações – mas será que eu tinha dito alguma coisa? A autópsia ocorreu ontem, em breve vamos ficar sabendo mais. Tirou um cartão da gaveta, cartão profissional com o logotipo da polícia nacional, sua função como agente da polícia judiciária, nome e detalhes de contato, inclusive número do celular. Ligue, caso se lembre de alguma coisa.

Amarrei meu lenço no pescoço. Estava pronta para ir embora. Há uma coisa que não lhe disse. Zambra girou em minha direção, enrolando lentamente o cabo preto do computador em torno da mão, como um marinheiro enrola uma corda, a sala mergulhou na sombra, cavernosa, como se em algum lugar do céu uma mão gaiata brincasse com um *dimmer,* e milhares de gotas fremiam contra a janela. Há uma coisa que eu não lhe disse. Os cabelos dele tinham adquirido tonalidade âmbar, e seus lábios eram malva. Uma coisa na qual penso desde sua ligação ontem. De repente, o celular dele vibrou na mesa, troando e batendo, parecia até que iria decolar como um foguete, mas Zambra não se moveu, seu olhar severo e penetrante escorria para o meu, e ainda não sei de que era feita a emoção que me eletrizou por inteiro quando finalmente consegui lhe declarar, sem fôlego, que eu tinha morado naquela cidade muito tempo atrás.

Acharam o número do meu celular com o cara que morreu, Blaise, você está aí? Eu estava abrigada no ponto do tramway de frente para o comissariado, frenética e grogue, nauseada: Blaise, onde você está? Blaise, está me ouvindo? Ninguém na linha e, de repente, sim. Livry-Gargan, *my love*, ginásio Danton, campeonato de Île-de-France, florete feminino, as meninas estão divididas em equipes de seis, cada uma enfrentando as outras em duas rodadas por equipe, o que significa que isso vai o dia inteiro, tá bom pra você? A ligação estava com interferência, picotada e barulhenta, Blaise parecia estar querendo zoar, eu cortei a brincadeira: porra, me escute, o cara, ele foi encontrado na praia, com o número do meu telefone no bolso da calça! A voz de Blaise me chegou irritada, reticente: não grite, já tem barulho demais aqui, repita sem gritar, não estou entendendo nada. Eu queria acender um cigarro que, naquela cidade, exige virar de costas para o vento, com os cabelos na cara, e proteger a chama com uma das mãos, meu celular estava preso entre o queixo e o ombro, o isqueiro estralava em vão, você fuma demais, Blaise não estava com jeito de perceber o que acontecia comigo, e o aparecimento, debaixo do toldo, de uma velhinha com um grande gorro de lã vermelha em forma de repolho, puxando um carrinho de compras de pano xadrez, me obrigou a baixar a voz, a fragmentar minha frase e a sussurrar como as atrizes de farsa no teatro, com olhos esbugalhados e sobrancelhas levantadas na testa: Blaise, o número do meu celular foi encontrado com o cara que morreu, no verso de uma entrada de cinema, a polícia diz que talvez seja um traficante! A velhinha de repente se virou para mim, cachos brancos transbordando do gorro, o vento invadia o abrigo, alô, alô? Blaise acabou voltando à ligação, pensativo, atrozmente distante quando murmurou: muito esquisito esse teu caso.

Eu o visualizei no ginásio, onde a velocidade dos toques e o brilho das lâminas traçavam estrias, perfeitamente em seu elemento, no meio daqueles corpos hipermóveis que não paravam de saltar, gritar, estirar-se, todos vestidos de branco com rostos mascarados, por certo vestido das cores de que tanto gosta, camisa lilás e calça cor de tabaco, imaginei seu olhar acostumado aos detalhes sob as pálpebras pesadas e falsamente sonolentas, olho que não perde nada – Blaise sempre assiste à competição inteira, mesmo quando Maïa não participa, ele está lá, acomodado na cadeira dobrável, correlacionando com espantosa facilidade nomes e silhuetas, sabendo agora com tanta perfeição avaliar prioridades, ataques, batidas e defesas que às vezes lhe ocorre arbitrar certas competições. Eu sabia que ele desempenhava o papel de favorito das meninas da equipe, um tiozão com quem elas concordavam em trocar ideias, que elas permitiam ouvir seus sons nos fones de ouvido, mas cujos silêncios também sabiam contornar nos dias de competição, quando ele queria ficar em paz, quando eu, por outro lado, era *persona non grata*, parece que minha presença na sala desconcentrava Maïa, e sua esgrima viva e afiada tornava-se febril, você me encheu o saco durante todo o assalto, soltou ela contra mim, furiosa, num dia de derrota, certa de que eu lhe havia endereçado gritos de encorajamento inapropriados, que eu tinha balançado a cabeça de forma ofensivamente maternal enquanto ela recuava na pista ao enfrentar uma jovem cubana explosiva, você me fez passar uma puta vergonha. Mas o que eu também percebia na voz, nas hesitações, nas respostas desencontradas de Blaise é que ele resistia a mim, que sua fleuma era uma maneira de neutralizar meu relato.

Blaise conhece minha propensão para histórias. Aquelas que conto a mim mesma, aquelas que conto aos outros, aquelas em que me multiplico, em que posso me esconder, voltar a ser uma desconhecida, dar um fim a mim mesma. Tua tendência são as histórias, é a tua gravitação interna, é o que ele me cochicha ao ouvido, pondo a mão atrás de minha cabeça, e a palma da mão dele é um ímã quente, como se, por haptonomia, estivesse tentando puxar as histórias que circulam por este saquinho amassado que se chama occipúcio. Ele conhece minha inclinação pelos mitos configurados em todas as línguas, por velhos poemas ativos, por pequenas narrações mal construídas e selvagens, soluçadas, estranguladas, cheias de furos, cacos. Está perfeitamente a par de minha atração por contos de fadas, aqueles que descobri aos seis anos e lia para meu irmão, contos que tanto amei e sob cujo império varávamos a noite, atônitos, de que nos revestíamos juntos. Ele não ignora que entabulo conversa fácil nos banheiros dos aeroportos, em elevadores de hotéis, em plataformas de estações ferroviárias de província, onde arrasto minha mala de rodinhas ao alvorecer. Adivinhou há muito tempo que, ao me tornar dubladora, *voz* para documentários e audiolivros, dei um jeito de tornar profissão essa minha predileção.

Evidentemente, admito que ele possa contrapor às minhas histórias a fumaça silenciosa das cigarrilhas Café Crème contidas na caixa de metal que deforma o bolso de seu colete; entendo que ele possa se cansar do que lhe conto – embora ele mesmo seja uma genial fonte de *stories*, diga-se de passagem –, mas me sinto traída se ele me refreia e amarra meu ritmo, se se retrai quando me abro sobre alguma notícia policial, tanto mais enigmática quanto despojada, banal, lacônica, se me abro com ele sobre uma morte que *me diz respeito*, morte que me *acontece*, quando se supõe que os fatos policiais impactam qualquer um e só acontecem com os outros.

Blaise perguntou de novo, com voz ausente: mas o tal homem, você tem certeza de que não conhece? Eu ia desligar na cara dele como se dá um chute numa lata de metal, quando, adotando uma ginástica mental típica, que às vezes considero desarmante, mas que naquele momento me fez querer socá-lo como se ele fosse um saco de pancadas, um bagulhão, ao mesmo tempo duro e mole, pendurado numa corda, ele deu marcha a ré e emendou: o filme do ingresso de cinema era qual? Articulei de má vontade *Queime depois de ler*, e imediatamente Blaise voltou a ficar próximo, com voz quente, ah muito engraçado, ótimo filme, os irmãos Coen, *Fargo*, *Barton Fink*, *O grande Lebowski*, o escambau, orientei o telefone de frente para o vento, exasperada, para pôr fim à ligação, então, talvez por ouvir esses títulos de filmes, mudei de rumo, virei à esquerda e tomei a direção do bairro Perret, ilha de concreto e vento onde vivi os primeiros doze anos de minha vida, e assim, em vez de voltar para a estação e pegar o próximo trem para

Paris, demorei-me no Havre e parti sem pensar duas vezes em direção ao Channel, enquanto atrás de mim a voz de Blaise se elevava, turbilhonando para os cúmulos-nimbos, e me lembrava até que ponto falar com alguém é uma façanha.

Passei pelo Channel todas as manhãs durante quatro anos, quando ia ao colégio, com os olhos sistematicamente voltados para o cartaz do filme da semana: projeto gráfico, título, nomes dos atores – que nunca li de outro modo senão como nomes lendários –, essas substâncias infiltravam-se em mim ao longo de todo o trajeto, e muitas vezes eu me introduzia na pele da atriz principal, tomando-lhe o rosto de empréstimo, identificando-me com ela como outra versão de mim, versão sempre mais livre, mais ousada, mais transgressora; agora que penso nisso, é o mesmo jogo de desdobramento que acontece quando estou na pós-sincronização, numa sala de projeção, em pé diante da tela, equipada com um microfone ultrassensível, e minha voz sai da boca de uma atriz estrangeira, Susan Sarandon ou Liv Lisa Fries. Subia então as artérias do bairro Perret como corredores de vento, de cabeça baixa, bolsa US pendurada no ombro, percorria o quadriculado urbano, de quadrado em quadrado, de quarteirão em quarteirão, sem saber na época que essa geometria modular, esses desfiladeiros perpendiculares e esses cruzamentos recorrentes, essas voltas e intersecções, aumentando o risco de colisão, pontos cegos e linhas de fuga, criavam um espaço propício ao acaso, ao fortuito, às coincidências, espaço que se tornou a matriz de meu devaneio.

O Channel é um cinema de bairro, orgulhoso e discreto, curiosamente situado numa das passagens que interligam as artérias comerciais do centro da cidade aos pátios dos ISAI (imóveis sem atribuição imediata) da Reconstrução. Esses pequenos túneis cavados embaixo dos edifícios, sustentados por colunas de concreto bujardado, são escuros e sonoros, cheiram a mijo e pontas de cigarro, mas representam atalhos úteis, pórticos para se abrigar da chuva e dos olhares, onde se pode beijar anonimamente, abrem todo um sistema de circulação no avesso dos acessos oficiais, uma espécie de contra-mapa do território, daqueles que os residentes locais, os bombeiros e alguns cães dominam.

Tal como uma interface entre dois sistemas de organização humana, entre o mecanismo da cidade e o de meu pátio, a passagem do Channel tinha acabado por estabelecer ao pé do meu prédio um ponto de contato entre a superfície do mundo real – minha vida cotidiana de pequena colegial – e seus alicerces de ficção. Na verdade, quando me sentava na poltrona do cinema, com os pés mal tocando o chão, eu tinha dificuldade para manter abaixado o seu assento e imaginava que o batente poderia fechar-se sobre mim a qualquer momento e clec, fazer-me desaparecer no fundo de sua válvula, sugada para dentro das tubulações mágicas por onde transitavam as histórias.

Gostava sobretudo da saída das sessões, quando precisava atravessar a massa compacta daqueles que estagnavam na passagem, abrindo caminho entre os corpos aglutinados, com a cabeça na altura dos peitos que fediam a suor e cigarro, empurrada por suas passadas, atordoada pelo rebuliço, pela veemência, por aquele tipo de alvoroço a meia-voz, inventado para expressar emoção, decepção, deslumbramento ou raiva. Em compensação, pouco entrava na sala: as projeções me deixavam em tal estado, eu saía tão abalada, suada e possuída por imagens que só empalideciam para se intensificarem melhor ao cair da noite que meus pais racionavam as sessões. Na realidade, eu não precisava entrar lá para ter uma espécie de experiência daquilo, o letreiro de neon rosa com letras vintage, que punham a luzir as paredes da passagem com um halo cor de carne e champanhe, era suficiente para exercer sobre mim uma atração poderosa, quase radioativa: era a luz do cinema. Quando adolescente, nunca perdia a oportunidade de *cortar pelo Channel*.

Fechado, reaberto, ameaçado, salvo, esse cinema terá resistido à implantação de sistemas multiplex nas docas de Vauban, ao coronavírus, ao advento das plataformas e, agora, intocável, rotulado como "cinema de arte" no coração de um bairro classificado como patrimônio da Unesco, mantém sua posição e esta semana apresenta um festival intitulado "O cinema adora espiões" – cerca de dez filmes, entre os quais *Cinco dedos,* de Mankiewicz, *Cortina rasgada,* de Hitchcock, *Ponte dos espiões,* de Spielberg. As sessões de *Queime depois de ler* terminaram na terça-feira à noite, hoje é *Mistério no parque Gorki,* de Michael Apted, thriller glacial que vi há muito tempo na tevê, mas do qual me lembro bem: em Moscou, plena Guerra Fria, três cadáveres são encontrados no parque Gorki, com a pele do rosto arrancada e as mãos cortadas, William Hurt é encarregado da investigação, seu *chapka* é enorme.

O hall é pequeníssimo, e estou pingando em cima do carpete. Atrás do vidro da bilheteria, uma jovem pendura na parede uma capa de chuva preta com capuz, depois vira para mim um rosto pálido, daqueles que não devem ver a luz do dia com frequência: aviso, vai ser preciso esperar, a sessão é daqui a vinte minutos. Balanço a cabeça: não vim por causa de *Mistério no parque Gorki*. Ela gira na cadeira, liga alguns aparelhos, faz ajustes, como um piloto numa cabine de avião. Me ignora. Irritada, lanço: estou procurando uma pessoa, um homem, ele deve ter vindo aqui para ver *Queime depois de ler* há três dias, terça-feira, 15, na sessão das 21h35. As mãos da moça esvoaçam atrás do vidro, ela desfere: não estou entendendo, veio ou não veio? Não sei, respondo, talvez. Ela clica de má vontade no mouse do computador e, arrogante, com os olhos na tela, solta: não veio muita gente no dia 15 de novembro, vendemos sete lugares. Depois, parando: tem foto? Tento seduzi-la: não tenho aqui, mas vi uma não faz muito tempo. Ela tem olhos amendoados, duros e translúcidos, dá uma risadinha: ok, então como é que a gente faz? Adivinho também que ela está intrigada e, criando coragem, me aproximo do vidro, onde minha pergunta cria imediatamente um véu de vapor: posso descrevê-lo?

Com os olhos fechados, estabeleço minha visão e começo a traçar em voz alta os contornos da cabeça humana na foto. Ainda está tudo fresco e falo depressa, porque logo a imagem se desvanece, se deforma, como se o esforço de rememoração danificasse a lembrança, como se minha determinação em reconstituí-la agisse contra o seu retorno – tenho essa mesma sensação se tento me lembrar do rosto de minha mãe quando eu era criança e ela entreabria a porta do meu quarto para me pedir que apagasse a luz, ou estabilizar o de Blaise no dia em que o vi pela primeira vez no foyer do Théâtre de l'Atelier antes de *A gaivota*, encostado no bar com um espantoso terno verde-pinhal, apertando contra o corpo os livretos e os folhetos que havia imprimido e depois ligeiramente manco quando se afastou do balcão e nossos olhos se encontraram –, os rostos escapam, as expressões se apagam, as vozes naufragam, e logo só percebo flashes, sempre os mesmos, flashes que os congelam em certa pose, atitude, data ou situação, e de repente percebo que eles desapareceram, substituídos por uma foto. No entanto, continuo a descrever o homem da praia, estou empenhada, desisto rapidamente da precisão, mas não à correção, restabeleço a testa maciça, os ângulos salientes da mandíbula, o queixo protuberante, as feições de Neandertal, o ar de primeiro homem, realço a cabeleira cheia, os cachos, as arcadas supraciliares proeminentes, as pálpebras convexas como colheres de marfim, sou lenta, tateante, detalho também os pés de galinha nos cantos dos olhos, os lábios sinuosos e o nariz comprido, lembro-me de que não há retrato sem olhar, mas continuo, refinando o tempo todo, é demorado, mas estou me lixando, transcrevo como posso o corpo deitado e os membros jogados de qualquer jeito, as roupas comuns, e, quanto mais descrevo, mais se impõem detalhes aos quais até então eu não tinha dado nenhuma importância, detalhes anódinos, mas que, naquele momento, como se fossem tomadas na parede sempre muito lisa da memória, erguem-se, ponto por ponto, acabando por formar um rosto, um corpo: a barba recente, mas rala, as sombras no pescoço, a protuberância da barriga acima do jeans.

Quando abro os olhos, a garota da bilheteria está inclinada sobre uma folha arrancada de um caderno espiral, com um lápis numa das mãos, uma borracha na outra. Desenha depressa e com tanta precisão que se poderia acreditar que está fazendo a cola de linhas invisíveis previamente traçadas na folha, que está revelando o que existe, aquele rosto. O lápis roça o papel, a quietude é total. É maravilhoso ver o que está tomando forma, o desenho se fazendo, o que vai aparecendo enquanto ao nosso redor, nos cartazes, as gargantas dos atores vibram juntas. É o retrato falado do homem do dique Norte. Mas de repente o celular dela toca, e o encanto se desfaz, ela se levanta com pressa e se vira para o fundo da cabine. Ao mesmo tempo, uma corrente de ar frio nas minhas costas, alguém está entrando no cinema.

Um velho. Está com uma capa comprida de gabardine cinza transpassada e um chapéu fedora escuro. Vai direto ao painel onde estão presas com percevejos as críticas a *Mistério no parque Gorki*, e logo seus sussurros forram as paredes do pequeno vestíbulo, ele fala para si mesmo e provavelmente também um pouco para mim, já que estamos só nós aqui. Ouço-o murmurar os nomes de Lee Marvin, William Hurt e Joanna Pacula – polonesa, esclareceu o velho, batendo com a ponta do dedo no rosto da atriz na parede, passou para o Ocidente em 1981. O sotaque inglês que amortece sua fala é o mesmo que se ouve na BBC, ou, imagino, entre os alfaiates sob medida de Savile Row, nos jardins e *dining halls* das faculdades de Oxford, reconheço a divisão específica da frase, as tônicas como uma linha de crista com cumes pontiagudos, buracos de ar entre as palavras. Lentamente, ele tira os óculos para colar o nariz rente a uma das fotos e declara a meia-voz: isto aqui é Lubianka, é o prédio da KGB. Vira-se para mim, eu percebo que tem deficiência auditiva, que um aparelho acinzentado está alojado no pavilhão de sua orelha direita, ainda posso ouvi-lo mencionar a pistola Makarov fazendo mímica de uma arma com os dedos enluvados de preto, juntando o dedo médio e o indicador, apontando para o chão e emitindo um estalo para simular o som de um tiro com silenciador.

A garota do guichê não para de falar, suas costas palpitam, suas mechas de cabelo opaco dançam contra a nuca, as clavículas se movem sob a blusa de listras azuis. Estou impaciente junto ao guichê quando o velho dá alguns passos em minha direção, tira o chapéu e pronuncia em voz alta e distinta meu sobrenome e meu nome, nessa ordem, administrativa e escolar, a mesma com que ele fazia a chamada no início da aula de inglês trinta anos antes, com a ponta da gravata listrada acariciando o livro de presença. Fico tão espantada por me encontrar diante dele que quase respondo "presente", como se ainda fosse sua aluna, reconheço, tudo volta, a pele dele está enrugada, amarelada, mas os traços o reconstituem, estendo-lhe a mão desajeitada, mão impregnada de desconforto, porque fui levada de volta, no mesmo instante, àquele dia de dezembro em que colei numa prova, uma composição, Marguerite Yourcenar, um trecho de *A obra em negro*, perguntei por escrito à minha vizinha, num pedacinho de papel, a tradução das palavras *herse* e *pont-levis* – porcaria de palavras – e, como boa colega, ela virou as páginas do dicionário proibido, aberto clandestinamente sobre suas coxas nuas, gesto de uma destreza surpreendente, movimento vagamente sexual, do qual ela extraía uma vaga gloríola, dava para ver, para ela afluíam papeizinhos de todos os cantos da classe, ela se exibia compulsando o livro com os olhos semicerrados atrás da franja, boca aberta, mão debaixo da mesa e costas arqueadas, tinha me respondido como uma bala, a bolota de papel aterrissou em cheio no meu texto com respostas de que não tive tempo de tomar conhecimento, porque aquele que era então um jovem professor rígido e austero, alertado não sei como, tinha descido do estrado com passos marciais e, chegando à minha fileira, havia ficado imóvel, de braços cruzados sobre o terno príncipe de Gales, de uma elegância descabida naquele ambiente rude, tinha começado a me olhar fixamente, em silêncio, lembro-me de sua cara de sicário com meias Burlington, nariz aquilino, queixo quadrado, cabelo loiro desbotado, risca no meio, enquanto eu, em pânico, mas consciente de que tinha de destruir a prova que me acusava, enfiei a bolota de papel na boca, meu olhar flutuava no dele, como se não o visse, como se estivesse absorta em meus pensamentos, concentrada em *herses* e *ponts-levis* e decidida a fazer justiça ao texto de Marguerite Yourcenar com uma redação de nuances trabalhadas, minhas orelhas estavam pegando fogo, não se ouvia uma mosca na classe, onde todos tinham percebido que estava acontecendo alguma coisa e me dirigiam olhares furtivos, excitados, a garota do dicionário arranhava sua redação como uma doida, como se nada estivesse ocorrendo, enquanto Mister Smith – apelido que tínhamos dado ao professor – me encarava, me deixando muito vexada, de modo que eu tinha começado a mastigar a bolota como uma vaga goma de mascar, mastigado até ela se rasgar e desintegrar debaixo do céu da boca, deixando apenas o gosto acre do papel e da vergonha – ser pega colando, dando mostras tanto de capacidade medíocre para fazer uma composição quanto de inaptidão para fingir –, a situação tinha ficado congelada desse modo até o final da aula, uns bons vinte minutos, e sem dúvida ele tinha me *memorizado*.

Também gosta de filmes de espionagem? O velho me segura, sua mão enluvada esmaga a minha como uma garra de couro, não me atrevo a sacudi-la, livrar-me dela, algo me aprisiona, o fato de ter sido desmascarada naquele dia, falsificadora, mentirosa: é como se a cena da prova de *A obra em negro* nunca tivesse acabado, que ainda perdurasse, e eu, saindo pela tangente, gaguejo que preciso ir para a estação, mas ele insiste, esmaga meus dedos enquanto seus lábios descoloridos desenham um sorriso de lobo, com uma voz açucarada ele me pergunta se vi *Coma depois de ler*, falseando conscientemente o título do filme para me sacanear, tenho certeza disso, depois o ouço acrescentar a mesma besteira sobre Ethan e Joel Coen, *Fargo, Barton Fink*, tossindo de tanto rir, com aquela tosse horrível que sempre nos leva a desconfiar que a pessoa vai acabar por sufocar ou mesmo expirar, gostaria que ele me largasse, queria recuperar minha mão, cair fora, viro-me para o guichê, movimento desastrado e provavelmente um pouco brusco, porque minha bolsa varre folhetos e programas empilhados numa mesa, material publicitário, análises cinematográficas mimeografadas à moda antiga, panfletos, tudo voa, tudo sai voando e volteando no pequeno hall do Channel, eu me ajoelho para recolher, meu nariz vai parar acima dos sapatos de Mister Smith, tipo derby de laço, que pode ter sola de fundo duplo com uma câmera dentro, ouço a garota do guichê lhe vender um ingresso para Mistério no parque Gorki e, quando me levanto, carregada de papéis, veja-o sendo engolido pela escada forrada de carpete preto que desce para a sala de projeção, desaparecendo no ponto cego, o hall do Channel está de novo deserto, silencioso, os atores novamente fixados nas paredes, mal e mal algumas marcas de sapatos molhados no tapete, é como se eu tivesse sonhado.

A moça da bilheteria está irritada, manda colocar os papéis na mesa, vai cuidar deles, não viu o que aconteceu, estava ausente, em outro lugar, numa conversa telefônica ferrada, hipersentimental, pelo que indicam suas bochechas vermelhas e seus lábios dilatados, plano-sequência em que ela deve ter encenado de novo mais ou menos os diálogos amorosos que conheço muito bem por encená-los também na versão francesa durante as pós-sincronizações. Ela teve o cuidado de deixar bem à vista o retrato falado, alisou-o com a lateral da mão e agora o olha, demoradamente, eu passo os dedos pela abertura do vidro e os agito como para chamar um animalzinho, que é o jeito de lhe dizer que quero o desenho antes de sair, ela faz beicinho, esfrega o queixo, suspira e, pronto, joga o cabelo para trás empurrando a folha do retrato em minha direção: é, pode ser que ele tenha vindo.

É sempre reto até a costa. A linha de tramway se estende da estação à praia, seguindo o eixo histórico que o lápis do arquiteto desenterrou das ruínas da guerra. Perspectiva criada para fazer crer no sonho de um horizonte marinho visível assim que se desce do trem, para provocar o apelo de ar e luz assim que se põe o pé na plataforma, quando o surgimento do mar é um acontecimento do âmbito da cenografia – maestria do *teasing*: ele é o divo esperado, pressentido, anunciado pelas gaivotas inquietas e gritonas, mas que só se mostra depois de transpostas as duas torres de treze andares da porta Océane, depois de ultrapassada essa passagem simbólica entre a cidade e a costa – ver o mar, ver o mar foi sempre o que nos solicitavam já no degrau do vagão aqueles que vinham nos visitar quando morávamos aqui, imperiosos, impacientes por desembarcar na avenida beira-mar, onde aspiravam o ar como doentes, lábios fechados e narinas abertas, tórax inflado em sinal de dilatação extática, exageravam na encenação, interpretavam os românticos descabelados, embalados na grande experiência da alma e do corpo que nossa cidade, apesar de feia, podia oferecer-lhes e para a qual certamente os tínhamos atraído, argumentando os encantos da costa e a magia das embarcações; ver o mar, iniciação alfa para quem ainda não o tinha visto, para quem o imaginava azul quando o nosso era outra coisa, dura, complexa, ao mesmo tempo petroleiro e impressionista, prosaico e sonhador, percorrido por linhas, rotas, e de uma cor que nem um único nome de cor poderia englobar, de uma cor que teria merecido a criação de um nome só para ela, que incluísse textura, reflexo, movimento; ver o mar, sim, depois nossos visitantes passavam o resto da estadia extasiados, certos de que não sabíamos valorizar a nossa cidade na medida justa, quando nenhum deles, *of course*, teria sonhado em se demorar aqui, o concreto lhes era hostil, o porto, opaco e industrial demais, as ruas do centro da cidade, desertas às seis da tarde, e já na primeira noite eles assoavam o nariz, choramingando, certos de que tinham pegado um resfriado.

Pensando bem, o dia em que o mar tinha ficado visível da estação, o dia em que realmente havia sido distinguido da extremidade dos trilhos, como um estrato mais escuro na base do céu, foi o 7 de setembro de 1944 pela manhã, quando a cidade foi achanada, aplanada, arrasada pelos Aliados, que não estavam de brincadeira, e essa expressão mágica me traz à memória a voz rascada, ao mesmo tempo gutural e ligeiramente sibilante, de Jacqueline, e aquele domingo de março em que gravamos o seu depoimento num pequeno apartamento do cais Southampton. Era o último ano do segundo grau, eu trabalhava em dupla com Vanessa, que tinha cabelo rosado, uma covinha no queixo e uma sublime jaqueta vintage de motociclista que eu invejava muito, e aquela entrevista gravada constituía a parte essencial do projeto de criação que apresentávamos no *bac*. Lembro-me de que tínhamos relutado um pouco diante daquele assunto sério, pesado, que pressagiava pouca diversão e zero leveza, enquanto outras duplas faziam trabalhos sobre a epopeia dos transatlânticos da French Line ou a arquitetura de Oscar Niemeyer, mas a possibilidade de colher o relato de uma testemunha viva e realizar uma espécie de investigação tinha acabado por nos seduzir.

Jacqueline nos recebe em sua cozinha de fórmica amarelo-clara, tem setenta e três anos, é baixa e magra, veste calça Karting cor de framboesa e suéter combinando, tipo Jane Fonda fase aeróbica, escova realizada nos cabelos prateados e unhas feitas, ela nos observa com o gato nos braços, enquanto nos atarefamos em torno do microfone, depois de depositarmos no centro da mesa gravador-cassete Philips emprestado pelo liceu, um copo de água e um cinzeiro; caprichávamos na captação do som, com ares de importantes, concentradas nos aspectos técnicos da entrevista e mais meticulosas e minuciosas por sermos estreantes, dezessete, dezoito anos, sentadas em volta dela sem desconfiarmos por um segundo do que vai cair sobre nós, o tempo está relativamente bom naquele dia, ou seja, não chove, Vanessa põe a fita em movimento para dar a largada, eu pigarreio e, modulando a voz para imitar a jornalista profissional que um dia gostaria de me tornar, começo: olá, Jacqueline, você nasceu no Havre em 1922, tinha vinte e um anos quando dos bombardeios de setembro de 1944 e morava na rua Victor-Hugo, poderia nos relatar aqueles dias terríveis? Jaqueline olha para uma e para outra, avaliando-nos, acende um cigarro, traga longamente e depois começa a falar, não vai encher linguiça, logo avisa, o que quer transmitir, se possível, é sua experiência da destruição, e, diante dessas palavras, nossos semblantes se imobilizam, Vanessa e eu nos surpreendemos com a firmeza de seu tom, que augura a firmeza das suas memórias porque, de fato, ela não esqueceu nada daquele dia 5 de setembro, a coisa começa numa terça-feira, é fim de tarde, o Havre é então um enclave, um bolsão estratégico por causa do porto, é preciso imaginar um campo entrincheirado, somos aproximadamente sessenta mil civis lá dentro com uma guarnição de onze mil alemães que não querem se render, corre o boato de que os Aliados já estão nos subúrbios da cidade, mas ainda não acontece nada, não há água, quase todo o comércio está fechado, a ordem de evacuação não foi bem cumprida, não sei por quê, mas já ninguém entra nem sai, dizem que somos reféns do ocupante, esperamos, esperamos, sabemos que vai acontecer, tudo está calmo, desde o desembarque de junho não há mais sirenes, o alerta é permanente, então estamos prontos, parece que o sino do forte Sainte--Adresse, mantido pelos alemães, soou o alerta por volta das cinco e meia da tarde, eu não ouvi, mas, meia hora depois, apareceram no céu dezenas de luzes vermelhas, sinalizadores da área, e entendemos imediatamente, sabíamos o que aquilo queria dizer, o zumbido se intensificou e, quando olhamos para cima, havia centenas de cruzinhas pretas – verifico no gravador que a fita magnética está girando bem, pisco para Vanessa, querendo dizer que tudo está certo, acho-a pálida; nós descemos rapidamente para o abrigo, éramos umas dez pessoas, vizinhos, gente que tinha mandado os familiares para fora da cidade, mas ficou para guardar os apartamentos por medo de roubos, alguns tinham descido com malas cheias de papéis, pequenos objetos, um pouco de comida também, vinho, o suficiente para resistir, era um abrigo seguro, lembro-me de uma mulher que amamentava o bebê cantando – Jacqueline cantarola em câmera rápida: *y a une pie, dans le poirier, j'entends la pie qui chante, y a une pie dans le poirier j'entends la pie chanter** –, ela me enlouquecia com aquele refrão, as explosões abalavam as paredes do porão, começávamos a sufocar, e eu me perguntava para onde teriam ido os

---

* Há uma pega na pereira, ouço a pega cantando, há uma pega na pereira, ouço a pega cantar. [N. T.]

pássaros, as gaivotas do porto e os chapins da praça Saint-Roch, enquanto dividiam o céu com os aviões e as bombas de fósforo.

Fumando o cigarrinho, que segura com o punho virado para a orelha, Jacqueline dedica-se a nos descrever as explosões e as ondas de choque que as prolongavam, o silêncio que vinha depois só servia para ressaltar a iminência da próxima bomba que nunca demorava, ela insiste no tempo passado naquele abrigo, naquela duração composta por choques e intervalos entre eles, pontuada não importa como, aquelas horas passadas à espera da próxima deflagração, tempo arrítmico, estranho aos relógios humanos, a jovem mãe cantarolando sua canção em *loop*, enquanto o porão se enchia de destroços; eu tinha dificuldade para respirar, tinha medo de ser soterrada, de morrer enterrada viva – o gato dela voltou para seu colo num pulo, e ela o acaricia maquinalmente com uma das mãos, enquanto a outra esmaga o cigarro no cinzeiro –, eu estava sozinha no Havre, minha família tinha partido uma semana antes para a casa de um tio, numa fazenda perto de Bolbec, fiquei por causa do meu namorado que atuava na Defesa Passiva, eu estava apaixonada, sabia que ele se encontrava lá fora, lá em cima, correndo para todo lado, que ele saberia onde me encontrar se por acaso eu ficasse presa no porão; depois o silêncio se refez, como se finalmente tivesse expulsado todos aqueles projéteis, e, coisa louca, não saímos imediatamente, esperamos, nos entreolhávamos em dúvida, nos perguntávamos se todos os aviões haviam partido mesmo ou se um último aparelho, no final da formação, lento, mas zeloso e decidido a terminar o serviço, não estaria ainda voando acima da cidade, pronto para despejar uma última vez, aos poucos corações e pulmões voltaram a funcionar normalmente, o bebê adormeceu, nós nos ouvíamos respirar de novo, houve um período de calma, então alguém disse está tudo bem, vamos lá, podemos ir, faz três horas que estamos aqui embaixo, e foi preciso cair fora daquele buraco, mexer-se, subimos de volta em fila indiana, em câmera lenta, um atrás do outro, evitando pensar no que nos esperava lá em cima, na superfície, estávamos cobertos de destroços, com cabelos, pele e roupas cheios de cinzas e poeira, éramos uns fantasmas, não soubemos até o último degrau que a escada do porão era o último elemento arquitetônico ainda em pé na área, então sentimos o céu que não víamos, o ar do mar de qualquer modo mais fresco que o do porão, estávamos lá fora, nos arrastamos pelas ruínas, contornamos as escavações, as crateras abertas pelas bombas, onde a água já se infiltrava, pulando os postes desabados e os esgotos estourados, as vigas calcinadas, atentando para onde púnhamos os pés, pois o próprio chão havia desaparecido, eu não enxergava nada, havia fumaça por todo lado, havia sujeira nos meus olhos, meus cílios estavam grudados, de qualquer modo não havia mais nada para ver. É engraçado: descemos, existe uma cidade, subimos de volta três horas depois, e ela já não existe.

Cortamos logo depois disso, vamos para a sala, Jacqueline afunda num curioso sofá de couro sintético branco, há uma banqueta africana e, nas paredes, grandes fotos emolduradas de pássaros de uma beleza surreal – martim-pescador, coruja-das-neves, serpentário, tucano, faisão-dourado, mas nenhuma pega-rabuda –, ela indica com a cabeça as cervejas e os biscoitos, parece cansada, acende outro cigarro, estica as pernas e cruza os tornozelos, fecha os olhos, a sala se enche de desordem, nós, eleitas e silenciosas, fumamos também, sentadas a seus pés num tapete de grossa lã crua, sufocadas demais para comer, sabemos que ainda não acabou, mas nem Vanessa nem eu ousamos lhe pedir que conte o resto, se ela encontrou o namorado, apesar dos bombardeios dos dias seguintes, os do dia seguinte principalmente, e então, depois de alguns segundos, é ela que finalmente nos diz, com o olhar perdido na fumaça do cigarro, com seu gato possessivo ronronando contra sua barriga, que o procurou por toda parte nas ruínas, ele com certeza tinha desaparecido numa explosão, sua família ignorava minha existência, eu nunca soube onde ele estava enterrado, a gente tinha acabado de se conhecer.

Quando saímos da casa de Jacqueline, já está escuro, o cais Southampton está deserto, andamos em silêncio sob as arcadas da rua de Paris, os feixes dos postes de luz projetam sombras nas fachadas dos prédios, aureolam o concreto que se colore de rosado, azulado, marrom, arredondam as quinas, e por certo agora enxergamos nossa cidade como nunca a vimos antes: a arquitetura nos diz algo que não é a Reconstrução, nem o Renascimento, a Reparação, tudo o que começa com *re* para que retornem os sonhos perdidos, não, ela é o vestígio material daquilo que desapareceu, lembra-nos de que nossa cidade é assombrada: havia outra cidade antes, é isso o que ela nos conta.

A entrevista de Jacqueline nos deixou impactadas e, nos meses seguintes, mergulhamos em nosso trabalho, estudando muito para o exame oral, aprendendo com detalhes coisas que nunca se esquecem: Vanessa e eu queríamos descrever o que havia acontecido durante aquela elipse de três horas em que Jacqueline ficou sentada no porão com o coração batendo, enquanto os trezentos e quarenta e oito aviões da Royal Air Force, entre os quais os bombardeiros Lancaster e os caças Mosquito, despejavam no sudoeste da cidade duas mil toneladas de bombas explosivas e trinta mil incendiárias. Os aviões preparam o terreno antes da Operação Astonia, que terá início cinco dias depois, voam alto, espalham bombas, varrem, aniquilam a própria ideia de refúgio, apresentam-se em formação, cada um carregado com cerca de vinte bombas, aquele que as despeja mergulha para a direita em direção ao mar, e o próximo surge na sua asa esquerda para despejar por sua vez, enquanto o bombardeiro líder lança uma chuva de bombas de fósforo. Difícil saber se têm algum alvo, é um tapete de bombas, um *carpet bombing* – estratégia de guerra chamada, aprendi depois, *bombardeio de saturação*; na quarta-feira, 6, portanto, os Aliados repetem a dose, o sol brilha sobre o que resta do Havre, quase nada, e, no mesmo horário do dia anterior, retornam as cruzinhas pretas no céu, as bombas explosivas e as incendiárias, maléficas, que provocam um abrasamento fenomenal do ar, apavoram os habitantes, os bairros da cidade baixa envoltos numa tocha de fogo que o vento do Havre – forte no dia 5, enfraquecido no dia 6 – empurra para áreas imensas com temperaturas capazes de fundir o aço. A violência dos bombardeios não poupa nada nem ninguém, a morte é aérea, indistinta e demoníaca, está em todos os lugares ao mesmo tempo, está disseminada. O céu é cor de laranja, crivado de chispas, escória de cinzas, as brasas flutuam a noite toda, o fósforo queima o asfalto, derrete os trilhos do tramway, as travessas de ferro, a fumaça penetra até o fundo dos porões; centenas de habitantes enlouquecidos correm para o túnel Jenner, onde as pessoas se abrigam há vários dias, falta espaço, acaba-se abrindo lá uma galeria em obras que é obstruída por uma bomba, trezentas e dezenove pessoas morrem asfixiadas; o porto e a cidade baixa são destruídos, mas o ocupante não se rende: da inutilidade dos bombardeios aéreos ninguém quer saber.

Esses ataques aéreos, que se prolongam até 11 de setembro, serão suficientes para fazer do Havre uma coisa esvaziada de forma, uma superfície que tem como única continuidade a sua destruição, uma crosta de entulho, e isso sem nem mesmo ser possível decidir se se está lidando com vestígios ou se se está diante de um novo material, uma substância inédita que a guerra criou, corpos compactos ou não de telhados, portas e escadas, paredes de janelas vazias, fusão de empenas e vigas, colchões e cavalos, fotografias e máquinas de costura, magma de louças, carrinhos de bebê, bicicletas e pijamas, lava de transistores e cachorros, purê de ônibus, bonés e bandeirolas, pasta de coisas humanas com pedaços de humanos dentro, barafunda de passados amontoados que elevaria o nível da cidade em quase um metro – consta que, um mês após os bombardeios, os escombros do Havre ainda estavam quentes. Então, na manhã de 7 de setembro, corre um boato inimaginável: da estação é possível ver o mar – os que espalham a notícia são considerados loucos, olhados de soslaio, dizem que deliram, que estão traumatizados, mas o certo é que, então, o mar era visto de longe.

As grandes folhas de papel Canson nas quais tínhamos registrado nossa apresentação haviam sido enroladas juntas e presas com elásticos depois do exame. Um rolo imponente. Quem fica com ele? Não íamos nos ver mais, o verão se aproximava, Vanessa iria embora de ferryboat para encontrar o namorado na ilha de Skye e não tinha nenhuma previsão sobre o que faria no início do ano letivo. Curiosamente, nós, que tínhamos sido tão próximas, grudadas por aquele trabalho a quatro mãos, éramos desajeitadas e distantes na hora de nos separar naquele dia de julho, fique com elas, servem de lembrança,

Vanessa riu, batendo com o rolo no meu ombro como se me batizasse depositária daquela história, e fui eu que insisti em guardar a fita magnética do depoimento, fita que, se bem me lembro, está numa caixa de papelão em algum lugar do porão, bem protegida em seu estojo de *plexiglas*, ao abrigo da luz. Eu nunca a teria jogado fora, não poderia: nós a tínhamos ouvido juntas tantas vezes, embasbacadas, a cada trecho, pela alucinante riqueza de detalhes acústicos, desde o filtro do cigarro se consumindo até nossas respirações misturadas e o ronronar do gato, qualidade sonora que dava acesso às profundezas da gravação, reconstituía imediatamente o espaço da cozinha, aquela ressonância específica dos pequenos aposentos azulejados, e, captada ao longe, a longa sirene de um navio que entrava no porto; estávamos lá com Jacqueline, em contato com sua voz, o mais perto possível da vida.

Assim que me acomodo no sentido da marcha do tramway, desdobro o retrato falado traçado pela garota do Channel, para observá-lo à luz do dia e compará-lo à foto do arquivo policial que está na minha cabeça, e de imediato os dez algarismos em tinta azul do meu número de telefone voltam a se impor. Porra. Penso nos passaportes que os terroristas "esquecem" no soalho dos carros, para assinar massacres e reivindicar seu martírio, nos serial killers que chegam a escrever à polícia para estimular a caçada, isso quando não lhe telefonam diretamente, e concluo que, se tivesse algo a ver com essa história, não teria feito nada melhor para simplificar o trabalho dos policiais: ok, rapazes, me liguem quando quiserem, deixo aqui meu número, *welcome*!

O jovem tenente Zambra não parecia achar que eu poderia estar implicada nesse caso, fez o comentário sobre *Queime depois de ler*, depois me entregou seu cartão como se estivéssemos iniciando uma relação profissional. Por outro lado, o que fica claro para mim é que ele está convencido de que conheço o homem morto no dique, acha que algo nos liga, que temos alguém em comum, talvez até várias pessoas, situadas entre nós como antenas retransmissoras, corpos condutores, de modo que ele e eu nos tocaríamos numa contiguidade de contatos. No ano passado, gravei para os chiques estúdios Klang um livro engraçado, *Voyage autour de mon crâne*, do húngaro Frigyes Karinthy, jornalista e poeta com cara de aventureiro, que é também, pensando bem, o inventor da teoria dos *seis graus de separação*, ou seja, a possibilidade de dois habitantes deste planeta, tomados ao acaso e que não se conheçam, se tocarem por meio de uma cadeia de relações individuais que nunca excede cinco elos intermediários, teoria que nos incita regularmente – Blaise, Maïa e eu – numa espécie de jogo matemático e também utopia política, a avaliar os graus que nos separam de Barack Obama ou de um assassino do cartel de Medellín, de um tuque-tuque de Chenai, de um menor de Kiruna ou de uma jovem enfermeira de Mayenne, o que autoriza Blaise a fingir que *toca* Jane Goodall em quatro elos e o rei da Inglaterra em três, e Maïa, que *toca* Beyoncé em cinco e a magnífica Ysaora Thibus com a ponta de seu florete: estaríamos inseridos numa rede de conectores que interligam todas as paisagens do globo, para além da arbitrariedade de nascimento, classes sociais, castas e guetos, seríamos os pontos de contato de um entrecruzamento vertiginoso em que cada um está interligado a todos, em outras palavras, a todo andarilho de pés calejados, a todo soldado de cabelos raspados a caminho da frente de batalha do Leste, a todo preso mantido em isolamento, a todo refugiado amontoado no convés do *Ocean Viking*, a todo defunto de nome X enterrado no cemitério de Thiais numa manhã verde-pastel de primavera.

Eu *toco* o homem da praia. *Toco*, ainda que sua foto pouca vibração tenha provocado em meu sistema nervoso central, nas redondezas do meu giro fusiforme, onde são processadas, armazenadas, codificadas e depois memorizadas as informações faciais que eu arquivo desde que nasci, como boa gorilinha que sou; ainda que ela não tenha desencadeado um impulso elétrico sob meu crânio, na região do cérebro onde, no entanto, um punhado de milissegundos é suficiente para calcular uma fisionomia que não foi vista durante anos, independentemente do seu envelhecimento ou de suas modificações; suficiente para procurá-la longe, muito longe, entre aqueles que vivem encolhidos em mim como células dormentes e reemergem às vezes de surpresa no saguão de um cinema, numa esquina, no reflexo da janela de um trem, mas que na maioria das vezes passam anonimamente por meus sonhos. No entanto, eu o *toco*: meu número de celular transitou até ele por mãos sucessivas.

A caminhada pelo labirinto do comissariado, as paredes frias e acetinadas da salinha azul, a pressão do jovem policial, sua voz sepulcral e suas mãos longas e calmas, minha ansiedade, será que tudo isso turvou minha vista na hora da identificação? Ou será que os olhos fechados do morto me impediram de reconhecê-lo? Seu olhar ou, mais precisamente, o brilho da íris, o tremor do disco preto da pupila no disco branco e sempre um pouco viscoso da esclera, faltava tudo isso. Rememorei suas pálpebras pálidas e enrugadas, parecidas com a nata da superfície do leite. Mais uma vez revisitei em pensamento as fotos que o mostravam de corpo inteiro, deitado de costas, de um ponto de vista ligeiramente superior, como de uma fina mosca hematófaga ou de um pedacinho de papel-manteiga levado pelo vento, recuperei sua forma e seu contorno, ainda que vê-lo de pé e em movimento tivesse me permitido captar melhor uma silhueta, um jeito, um gesto, uma maneira de empurrar os cabelos para trás, de andar, de rir, de segurar o garfo, a intimidade física de um ser desnudada na assinatura corporal que, a meus olhos, continua sendo a mais confiável de todas – Blaise coçando a nuca com o cotovelo no alto, quando surge uma preocupação, Maïa torcendo o nariz antes de expor uma reivindicação ou pousando uma orelha entre minhas escápulas e abraçando minha barriga antes de me contar o que a está atormentando.

Da mesma forma, eu não teria sido capaz de dizer qual era a profissão daquele homem, se é que tinha alguma, já que a demarcação das fotos pôs em xeque a ideia de que todo corpo humano carrega a marca de seu trabalho, nos músculos e nas áreas do corpo que entram em ação durante as horas de atividade. Mas me lembro de que suas unhas estavam pretas, como no final do dia as têm mecânicos, horticultores ou impressores do tipo Blaise, e também de que ele tinha todos os dedos, ao contrário dos yakuzas do submundo nipônico que cortam o mindinho para expiar erros, ou dos operários das grandes fábricas de móveis de Pordenone, tantos a se cortarem que foi criado para eles um departamento especial no hospital da cidade; da mesma forma, ele não tinha trapézios nem bíceps desenvolvidos, o que indicaria que carregava cargas pesadas, jogava rúgbi, ia à academia levantar ferro; tinha barriguinha, sim, mas tudo bem distribuído, sem o menor vestígio de uniforme, distintivo ou insígnia. Eu montava hipóteses.

Tudo isso a foto em preto e branco complicava ainda mais; a tez dele me pareceu clara, sem ser necessariamente branca, talvez um ligeiro moreno, mas sem a possibilidade de avaliar algum grau de melanina, alguma pigmentação que possibilitasse lhe atribuir uma origem; em compensação, ele não tinha o bronzeado de quem trabalha ao ar livre, disso eu tinha certeza, nem as maçãs do rosto escuras e os lábios rachados dos pescadores de alto-mar, mas sim a tez pálida de quem tem atividade noturna, taxistas, barmen, operadores de empilhadeiras e separadores de pedidos; por fim, eu poderia, sem dúvida, extrair algo de seu cabelo de comprimento médio, mas não saberia exatamente o quê, a não ser o fato de ele não ser militar nem nadador de competição.

Eu estava refletida na janela do tramway. Com certeza eu também teria outra cara se exercesse outra profissão que não a de "voz", ou melhor, de "artista intérprete da voz gravada", pois é assim que somos designados pela associação profissional a que pertenço, pois a linda palavra dubladora deixa de lado grande parte do meu trabalho, o que faço em voz off, na maioria das vezes para audiolivros, documentários, bem como comerciais, muito mais bem remunerados, que não acho nada ruins. Quando criança, acreditava que os dedos dos pianistas cresciam durante os exercícios de piano, e gosto de imaginar que os leões de chácara ganham ombros nas molduras das portas, ou que os braços das jogadoras de basquete se encompridam sob as cestas: meu corpo se formou na leitura em voz alta. Essa prática fortaleceu meus músculos, aqueles que ativam o sistema respiratório e põem a vibrar as pregas vocais, mas também os do ventre, das costas, dos braços, das pernas e do pescoço, com consequências na elasticidade do meu músculo zigomático, no tônus do meu sistema oculomotor, em outras palavras, ela não deixa de modelar meu rosto.

O tramway deslizava pela avenida Foch, deslizava em direção à porta Océane, e meus pensamentos deslizavam na mesma velocidade, ao longo das fachadas rigorosas, refinadas e teatrais, ele deslizava por aquela grande ausência que depois da guerra tinha sido preenchida pela arquitetura. A luminosidade estava aumentando no veículo, indicando que o céu crescia lá fora, e nesse movimento se propagavam minhas interrogações: a identidade daquele homem, sua voz que eu nunca ouviria, no fundo do jeans a presença do meu número, semelhante a uma etiqueta num pacote abandonado e, rastejante, sub-reptícia, a hipótese que me dava vertigem: eu poderia tê-lo conhecido?

Você é doida, foi o que disse a mim mesma, em pé na praia, de frente para um mar acarneirado, ouriçado, um mar de ferro e sílica. Seixos, seixos por toda parte. Assinalei este espaço e seu falso ar de *land art*, onde penei tantas vezes para estender minha toalha, retirando uma a uma as pedras que machucavam minhas escápulas, para me bronzear de biquíni, arrepiada, mas estoica sob nuvens de algodão-doce, fazendo de conta que meu litoral não era este pedregal, mas uma estância balneária com hotéis e palmeiras, cassinos e sol âmbar, Fantômettes ladras de joias, príncipes decadentes e antigas glórias de Hollywood, coisas que esta praia não terá sido por muito tempo, apesar de seu hotel Frascati ou seu Nice-Havrais, entregando essas arquiteturas e esses personagens para a margem oposta, para a Côte Fleurie, para os ricos que sabem nadar, apostando tudo no porto industrial, nas refinarias e nos estaleiros, na ferramenta de trabalho, e, na verdade, a praia do Havre é popular, é portuária e municipal, as famílias descem até ela em procissão, vindas dos bairros do planalto, vão à praia, vão para a cabana, as crianças têm uma boia em volta da barriga, correm sem demora em direção ao marulho, arriscando perder-se na multidão, pois na maré baixa, se houver sol, é uma multidão que invade a orla, milhares de corpos confundidos na bruma do calor, o clamor sobe, lençol suave e zumbidor, e esse barulho é definitivamente um dos meus preferidos, aquele que diz turbulência e júbilo, recreação e alegrias primeiras, revelação da pele, encontro com a areia que desconcerta, evoca a seda e lembra a lama, tanto mais porque nesses dias a hierarquia social se desnuda e se deita, se achata, e não é que seja derrubada de verdade, não, nada de sonhos, mas perde a verticalidade, espalha-se, dos mais modestos das bandas do dique até os mais opulentos das bandas do cabo, compartilhando o que os sentidos lhes dão, amostra repartida do leste ao oeste de acordo com os proventos crescentes, quando na verdade é o mesmo cordão de seixos sobre o qual todos se sentam e machucam a bunda.

Esta é uma costa de seixos mais ou menos cinzentos, de diferentes calibres, mas oriundos da mesma história lítica, história de tempo longo, de tempo insano – sedimentação, dissolução, migração. Uma capa mineral perfurada por cavidades escuras, onde estagna a água podre, orlada pela linha de maré, repleta de madeira trazida pela água e de algas pretas quebradiças como papel queimado, suja de lixo humano em decomposição, habitada por sirgas e pulgas-do-mar e cobertas aqui e ali por uma flora estranha, entre agrião vermelho e rúcula amarela. Em dias como hoje, sob a chuva de novembro, a praia assume a aparência hostil de um reservatório de projéteis, um silo de balas, e sugere a guerra que bem conheceu, mas na maior parte do tempo é um cenário animadíssimo, aberto, banhado por uma luz de pintura, um set onde se intrincam os ritmos que os humanos ainda não dominam, o da lua e o das nuvens, o das ondas e o da erosão, a duração necessária para que uma lasca de sílex se transforme num seixo ou a duração suficiente para que um sorvete derreta na mão de uma criança.

Ando sobre as pedras, e o chão se move sob meus pés. Rola e se fragmenta, atrita-se com barulho de correntes pesadas. Precisaria acelerar para não cair, arremeter, roçando a superfície com a ponta dos pés para saltar de um seixo a outro, upa, upa, exatamente como eu corria aqui, quando criança, com as coxas frescas, um caranguejo na palma da mão. Mas vou devagar, tornozelos torcidos e pés lapidados: estou procurando alguma coisa, uma pedra – sabendo que procurar uma pedra numa praia de seixos é coisa de doido manso.

Vendo-a nas fotos que o jovem policial me mostrou hoje de manhã, pensei num pedaço de carvão, preto, luzidio, carvão mineral. Pedras manchadas de óleo queimado não são poucas neste litoral frequentado por superpetroleiros, velhos petroleiros de casco vermelho e metaneiros de última geração saídos dos estaleiros sul-coreanos de Busan, a gente se afasta deles, evita-os, não os toca, gruda, é nojento. Ela marca o local da praia onde foi encontrado o homem morto abaixo do dique Norte, parecendo um náufrago encalhado na costa.

Avanço em direção ao dique, e, a cada pernada, um pequeno desmoronamento, um microdeslizamento de terreno apaga meus referenciais tanto quanto escangalha minhas botas, de modo que, apostando na sorte, acabei me entregando ao acaso, com os olhos correndo o seixal.

O som do motor estava camuflado sob o ruído do mar e do vento, de modo que não ouvi a escavadeira se aproximar, virei a cabeça, e lá estava ela, a menos de dez metros, atarracada e vigorosa, cores mexicanas – chassis turquesa e jantes laranja –, pneus enormes e uma pá como a mandíbula de ferro de um tubarão-boca-grande. Estava trabalhando no nivelamento da praia, como se faz aqui com frequência depois das marés de alto coeficiente ou das tempestades do equinócio, na compactação dos seixos que o mar produz continuamente, ao arrancar das falésias de La Hève os fragmentos de sílex que carrega para a entrada do porto seguindo um fluxo de forças paralelo à costa. A máquina movia-se em boa velocidade, com as rodas surpreendentemente ágeis no terreno acidentado que se estendia em direção ao mar. Talvez porque a praia naquele dia se parecesse com o exoplaneta de um filme de ficção científica, lembrei-me num flash daquela noite de agosto de 2012, quando vimos na tevê as imagens do *Curiosity* numa volta por Marte: o robô da Nasa vagava por antigos leitos de riachos desaparecidos, retirando agregados do tamanho de bolas de golfe, raspando conglomerados e levantando nuvens de poeira que ele recolhia com o resto. Maïa, com sete anos, sentada de pernas cruzadas, magrinha em seu pijama aveludado, amarelo-canário, franzindo a testa, com a expressão sombria das crianças que desconfiam dos adultos, acabou por perguntar, com os olhos voltados para a tevê, dentro de quanto tempo ela poderia ir a Marte, e Blaise lhe respondeu, pensativo, deslizando a mão como um pente por seus cabelos loiros, que, ao contrário dele, ela provavelmente poderia ir lá "em vida" – um entrelaçamento de durações que deslizaram pelo ar como um laço e nos atou os três, lembrando-nos no mesmo instante que um dia estaríamos separados.

Na cabine, um sujeito acompanhava com os olhos os movimentos da concha que raspava a praia numa barulheira infernal, avançava de modo metódico, seguindo uma faixa da largura do chassi, e de repente percebi que ele estava a caminho de cobrir o local onde deviam ter recolhido o morto e destruir o que talvez fosse uma autêntica cena do crime, de modo que avancei em sua direção, agitando os braços, ô, ei, a máquina acabou estacando com um ligeiro sobressalto, o motorista tirou o capacete antirruído e abaixou o vidro para gritar comigo: você não regula, não? está doente ou o quê? cai fora, estou trabalhando. Aproximei-me da máquina, precisava perguntar uma coisa, pedir uma informação, ele pôs o cotovelo na porta e a cabeça para fora, desconfiado – eu era a única mulher naquela praia, uma mulher com um casaco comprido e botas inadequadas para o terreno.

Uni as mãos em forma de megafone: foi encontrado um corpo por aqui, na direção do dique Norte, há dois dias, o corpo de um homem. Gritei a frase de uma puxada só, sem fôlego, como se essas palavras pesassem para ser expulsas, para sair de mim. O cara desligou o motor e desceu da escavadeira, deixando-se deslizar sobre as nádegas, e pousou suavemente no chão: era alto e esguio, desengonçado, olhos cor de ardósia, boné do Havre Athletic Club. Atrás dele, o braço da Doosan oscilava bobamente ao vento. Bom, sim, eu sei, um pouco mais e eu recolhia ele na caçamba, fui eu que avisei a polícia. Ao proferir essas palavras, ele deu um passo para trás, desconfiado: a senhora é quem? é da polícia? Desconversei pedindo que me levasse ao local exato onde ele havia encontrado o cadáver, e subitamente colaborativo, zeloso, partiu sem hesitação em direção ao quebra-mar, disparou a passos largos, como se estivesse voltando para uma posição precisa, um ponto cujas coordenadas geodésicas soubesse, visivelmente acostumado a se mover sobre os seixos, um especialista em sua área, eu tinha dificuldade para segui-lo e logo avistei ao longe a grande pedra preta, como um ovo de avestruz que tivessem lambuzado de graxa de motor, o ponto de referência, como um dólmen.

É aqui? Ele balançou a cabeça: é, era aí que ele estava. O vento soprava, um vento desestruturado, sinusoidal e duvidoso como uma coisa sem cabeça, mas uma força invisível que ligava tudo junto, atava o céu sobre o mar, e nós – gaivotas, embarcações, escavadeira – com eles. O homem levantou-se, alto e imóvel, com mãos muito vermelhas, como que queimadas pelo frio, depois tirou o boné e, com um gesto mecânico, alisou o crânio pelado, onde esvoaçava uma pelugem loira que se transformava em pelúcia no pescoço, fechou os olhos, o queixo tombou para o peito, o anel de pirata que lhe perfurava a orelha desapareceu de repente na gola da jaqueta, e ele se inclinou. Ao longe, a costa era semelhante a uma placa de zinco comida pela corrosão, a areia estava veiada por riachos e escoamentos, ressumava, nem sólida nem líquida, mas macia e semelhante ao solo do primeiríssimo dia. Eu não entendia bem o que estava acontecendo, buscava o modo de habitar aquele momento puro. Discriminei os sons que subiam a meu ouvido enquanto meu olhar escapulia em direção à pedra preta: as gaivotas descreviam loopings, o ferryboat apitava no porto, os carros rodavam lentamente na avenida beira-mar, e o homem da escavadeira estava recolhido, eu conseguia ouvir sua respiração desacelerar, reencontrar seu ritmo, depois acabei fechando os olhos também, e as fotos vistas de manhã na salinha azul retornaram, *o corpo de um homem, não identificado, na via pública*, e com elas a impressão de solidão que emanava do corpo, cadáver *sozinho como as pedras*, dissera Zambra, mas, diante daquela imagem, éramos nós que estávamos sozinhos.

Visto de baixo, o dique era autoritário e maciço, seu enrocamento fenomenal sustentava uma alvenaria de pedra bruta com cerca de cinco metros de altura, semelhante a um muro de fortificação – o tipo de estrutura capaz de quebrar as ondas formadas sob ventos que chegam a cem quilômetros por hora. Ele escurecia o lugar, embora um musgo de algas verde-esmeralda, quase fluorescente, cobrisse sua parede até metade, a depender da altura da linha das marés. O morto talvez pudesse ter sido jogado de cima: teria então sido levado de carro sobre o dique e atirado de lá – um segurando as pernas, outro segurando os braços, é um, é dois, é três.

A senhora não é da polícia. O homem da escavadeira olhou para mim por um bom tempo: conhece o cara que morreu, certo? Virei a cabeça – se eu estava lá, naquela praia, naquele dia de novembro, com aquele tempo podre, e não conhecia o cara encontrado lá dois dias antes, significava que era decididamente maluca – então arrisquei em voz baixa: não conheço de verdade. O homem abriu olhos desconfiados e apontou para mim seu indicador escarlate: ah, pronto, já sei, a senhora é jornalista! Chocada, fiz uma careta: ah, não, nada a ver, estou interessada no que aconteceu aqui, é proibido? –

enquanto falava com ele, reconstruía mentalmente a posição do cadáver em relação à pedra, com a cabeça para a cidade, os pés para o mar. O homem continuava me observando, eu adivinhava que ele hesitava, e, depois de breve deliberação íntima que pendeu a meu favor, começou a contar.

Estava aplanando a praia fazia uma hora mais ou menos, no volante daquela mesma escavadeira de trinta e duas toneladas, quando viu um treco na frente da máquina e, no ato, avistou dois tênis idênticos, fato raríssimo naquelas redondezas, onde eles costumam apodrecer sem par. Desceu para ver, distinguiu uma forma humana e primeiro pensou que era alguém dormindo, algum sujeito de cara cheia puxando um ronco. Só que ninguém nunca dorme na praia em novembro, era pouco seguro, perigoso até, então ele chamou, ô, ô, ei, mas o corpo, pois se tratava de um corpo, não se moveu, de modo que, dominado pela preocupação, ele se manteve distante, observando a barriga do sujeito durante um bom minuto, para ver se o abdome inchava – e provavelmente teve tempo de se lembrar de que, quando era garotinho, mas já grande e comprido, gostava de se fingir de morto fantasiado de caubói, concordando de bom grado em ser abatido, alvo de um colt, pam!, simplesmente para poder imobilizar os olhos nas órbitas, dobrar os joelhos, cair no chão e prender a respiração até que os outros, num misto bizarro de pânico e incredulidade, viessem sacudi-lo. Coisa que ele não fez, não, não, garante, agitando a cabeça, de jeito nenhum, não toquei no corpo dele, sei que não pode, fiquei esperando, esperando e, depois de um tempo, vi que ele não estava respirando. Em choque, ligou para a mulher, depois para o chefe e, finalmente, para a polícia – nessa ordem –, e, enquanto eles não chegavam, ficou matutando. Até então só tinha visto dois mortos na vida, o pai, de quem tinha cuidado no hospital – fechei os olhos dele –, e um colega que teve câncer de pulmão, diante de quem ele havia rezado na funerária da rua Sports no ano passado.

Ele ainda estava muito abalado por ter parado a máquina a poucos metros de um cadáver. Com as mãos enterradas nos bolsos, chutava seixos de cabeça baixa, não tô bem, não tô bem, não consigo dormir direito desde essa história, acordo de noite, oprimido, voltei a fumar, já passei de um maço por dia, não tô bem. De vez em quando me dava uma olhada de baixo para cima, como se quisesse verificar se eu estava ouvindo, porque tinha a sensação de que ninguém o havia levado em conta naquela história, como se fosse coisa banal descobrir um presunto numa praia, como se isso acontecesse todo dia. Tinha perguntado ao médico do trabalho se podia consultar um psicólogo, sua mulher repetia que ele tinha direito, que precisava "verbalizar", que isso o ajudaria a encontrar as palavras para expressar seus sentimentos com precisão, mas o deixavam na espera, respondiam que ele não era o único, que naquele momento tinha gente assim, ó, na pior, com depressão, trauma, estado de choque, principalmente por causa do tráfico de drogas que tinha pegado firme no porto, por causa da violência. Ele esticou o braço para o dique, jeito de designar o território que se estendia atrás dele, isso aqui virou rota, virou a porta de entrada para a Europa com toda a sua porcariada, é *Narcos*, cocaína, cartéis, é grave, muito grave, ele coçava a cabeça, estava desarvorado, já não sabia se a realidade tinha começado a parecer ficção ou se era o inverso, em que sentido a vida real se ligava às séries de tevê que inundavam as plataformas de streaming a que ele se conectava à noite com a mulher – a gente devora, consegue ver uma temporada num fim de semana. Na vida real, justamente, um jovem estivador tinha sido sequestrado uns meses atrás e encontrado num contêiner no cais Jean-Reinhart, nu e torturado, agora seu fantasma pairava sobre os cais, as bacias e as abrigadas, e foi nisso que pensou quando entendeu que estava diante de um cadáver, um cara com quem tinham acertado as contas. Ele enfatizava cada uma das frases olhando por cima do ombro para sua escavadeira, levantando a sobrancelha, preocupado, como se temesse que sua máquina se impacientasse, arrancasse sozinha sem esperar a volta dele. Eu lhe dava cinquenta anos, talvez mais.

Logo seu relato deu uma guinada inesperada, guinada espantosa mesmo, o pavor que se seguiu à descoberta do cadáver de repente se apagou para dar lugar ao relatório da chegada dos policiais num Peugeot cinza-metálico e, na sua esteira, a uma série de siglas que designam diferentes divisões da polícia, siglas que ele conhecia visivelmente de cor, com que se deleitava, assim como dominava a inter-relação administrativa das diferentes diretorias e agências, seus elos de subordinação ou autoridade, poderes e funções.

Dois policiais fardados constataram, portanto, a presença de um corpo inerte e fizeram uma chamada de rádio para o comissariado antes de isolarem a área com fita de barreira e estacas – o homem da escavadeira dava passos largos sobre os seixos para me mostrar onde aquilo tinha acontecido; depois, eles lhe pediram que saísse do perímetro e esperasse, de modo que ele se encontrava na primeira fila quando a polícia judiciária desembarcou, transladada sem demora para o local, três homens que tinham lhe causado forte impressão, que sabiam o que tinham de fazer, que conheciam o serviço. Primeiro inspecionaram o cadáver de forma sumária, antes de virá-lo para detectar eventuais marcas nas costas, manchas, orifício de bala, mas nada, então o reposicionaram, fotografaram, um deles pegou algo para fazer um esboço, enquanto outro – um ruivo – girava em torno dele, descrevendo-o em voz alta, com um ditafone encostado no queixo, notas lapidares que o homem da escavadeira agora repetia com a mão em concha em torno da boca, imitando o policial e forçando a voz para se tornar anasalada – "Homem caucasiano, cinquenta anos, um metro e noventa, vestido de jeans, parca, jaqueta esportiva, camiseta branca, tênis". Em seguida, feitas as primeiras apurações, aquele que parecia liderar o trio, o ruivo, ligou para o procurador, sem tirar os olhos do cadáver, e esfregou a cabeça, declarando que o caso era obscuro, não necessariamente criminal, e que queria ficar com ele. Pedia a vinda de um legista.

As apurações continuaram durante uns bons vinte minutos, o homem da escavadeira observava mais especialmente um dos três policiais, ele disse um TPTS sem esclarecer por extenso, assim como um esnobe aludiria a uma pessoa importante num jantar social ou mencionaria uma celebridade pelo primeiro nome, sugerindo aos presentes sua intimidade com ela. TPTS? Pedi que esclarecesse, ele explicou a sigla sem comentários: técnico de polícia técnica e científica, depois imitou seus gestos, posições, quando ele se ajoelhou para inspecionar o chão, recolher um parafuso, quando se contorcia para fotografar o corpo, de perto, clique, de longe, clique, fotos de todos os lados, clique clique clique, com um olho fechado e o outro aberto num visor inexistente, eu o observava, ele se animava, entregue ao relato do que havia visto, que era como um filme, mas de verdade, eu já não conseguia parar de olhar para ele, esquecida do dolorido dos pés e do esmalte de meus dentes por causa do frio.

Retalhos de jargão policial impregnavam sua história. Segmentos de frases que ele se esforçava por plantar, ansioso para ser visto como o sujeito informado que era, e não como um bobão que faz uma mixórdia com três termos pinçados em programas de tevê – dizia *transladados sem demora ao local*, dizia *proceder às primeiras apurações*, dizia *procurador* e *carta precatória*, dizia o *OPJ (opejota)*, citava *o artigo 74 do CPP (cepepê)* relativo ao *procedimento específico instaurado em caso de descoberta de* cadáver *cuja causa mortis seja desconhecida ou suspeita*, dizia *requerer autópsia* – e, ouvindo-o assim, tão por dentro, voz e corpo empertigados, eu me perguntei se aquela manhã de 16 de novembro não teria sido, afinal, o momento *dele*, quando ele se encontrou no centro da ação, eleito do acaso, instituído pelo destino como *inventor* do corpo, tal como um dos policiais gritou para ele – ei, é você o inventor? – acrescentando que eram assim designados os descobridores de grutas pré-históricas ou túmulos antigos, os que tinham chegado primeiro, levantado pedras, decifrado sinais, interpretado desenhos etc. e tal.

Com um piparote, atirou o cigarro nos seixos, adoraria fazer aquele trabalho, polícia científica, sim, mas não tinha dado certo, na escola ele não parava no lugar e na aula morria de tédio, além disso, queria trabalhar, juntar grana, morava no bairro de Neiges, era o último de uma irmandade de sete e nunca foi do tipo de depender da mãe; com treze anos já tinha feito gaita, cascalho, conquistado uma posição. Quando acabou o colégio, um tio escriturário da prefeitura lhe deu proteção, e já faz quase vinte e oito anos que trabalha nos serviços municipais, fiz um pouco de cada trampo, instalei guirlandas de Natal na rua Louis-Brindeau, cuidei dos tanques dos chafarizes da prefeitura, passei um tempo nas oficinas de manutenção. Esticou um braço acima dos seixos com um gesto teatral e, exibindo um sorriso de menino que eu não teria acreditado ver alguns minutos antes, deu uma risada: agora estou nos Espaços Verdes! No entanto, teria dado um bom investigador, não desistia, declarava ser dedutivo e meticuloso – não é porque eu trabalho na escavadeira que não posso ser dedutivo e meticuloso, não tem nada a ver, concorda? Acrescentou, sério, quase solene: esta praia, posso dizer que eu acaricio como se fosse o corpo de uma mulher. Inclinei a cabeça para trás para seguir os arabescos de uma gaivota anarquista acima de nós, usando a mão como viseira.

Ele esperou um pouco e depois me contou o fim da história: o OPJ, o ruivo, veio interrogá-lo, e que diabos ele estava fazendo lá, e como ele encontrou o cadáver, e a que hora, e se ele conhecia a pessoa falecida. Não suspeitavam necessariamente dele, mas, mesmo assim, insistiam, e ele ficou com medo de acabar na merda por causa dessa história, até pensou que teria feito melhor em seguir seu caminho sem se preocupar com o destino daquele desconhecido. Mas ele era sensível demais, sua mulher sempre lhe dizia: você não se protege o suficiente. No fim, o policial lhe deu a entender que ele precisava sair de lá, as coisas se eternizavam, os policiais esperavam a legista que viria de Rouen para a perícia, uma fulana de grande reputação, que resolvia qualquer parada.

Quando se calou, seu corpo murchou como uma boia inflável destapada, como se não houvesse mais nenhuma palavra nele, como se as tivesse cuspido todas. Talvez ele pudesse se sentar nos seixos para descansar, recuperar as forças, eu então teria me sentado ao lado dele de frente para a enseada, sob aquele céu enrugado, pele de elefante, e teríamos fumado um Lucky juntos sem falar mais do homem do dique Norte, preferindo lembrar séries cheias de policiais borderline – *The Wire*, evidentemente, mas por que não *Miami Vice* ou *Le Bureau des légendes* –, mas ele fez uma careta olhando o celular: desculpe, preciso voltar, tenho trampo me esperando. Agradeci, ele balançou a cabeça, modesto, e, indo para a máquina, virou-se e me disse, brincando, e, eu o ouvia, sem achar ruim por ele ter me dado um susto: ei, *miss*, o cara que morreu, você sabe quem ele era, hein?

Quando fiquei sozinha, sem ter premeditado, como se meu corpo entrasse em piloto automático, como se me entregasse sem reservas ao poderoso mecanismo criador de histórias que está em ação em cada um de nós, puxei meu telefone para fotografar, por minha vez, a grande pedra preta salpicada de petróleo, enquanto a escavadeira se afastava. Comecei com a precisão obstinada de um agrimensor, calma e metódica, fotografando de vários ângulos, várias distâncias focais, agindo sem pensar em nada, sem sequer olhar para o céu, que acima de mim voltava a ficar carregado, irascível, em breve acolchoado por grossos rolos cor de asfalto, enquanto a praia, às minhas costas, se reduzia a uma fita de areia sobre a qual marulhava uma baba malsã. Inclinei-me para o chão, e a chapa cinzenta gradualmente mudou para alta resolução, e alguns seixos ficaram rosados, outros, azuis, esverdeados, cor de gesso ou de caulim, misturando-se em alguns o cinza do cimento e o vermelho do tijolo, sendo outros variegados como olhos de tigre, enquanto alguns imitavam cogumelos, ovos de codorna, patelas, microcaveiras ou polegares de bebê, e, dobrada na cintura, lembrei-me de ter ouvido que os escombros da cidade bombardeada em 1944, depois de terraplenados na costa, mineralizando-se como o restante, formaram aqui uma nova camada sedimentar, e, portanto, era sobre as ruínas das ruínas da cidade, sobre aquela dupla decomposição que sem dúvida aglomerava ossos, dentes e cartilagens, que vínhamos nos sentar para fumar um cigarro, bater uma punheta com tranquilidade ou acompanhar com o olhar um cargueiro na linha do horizonte. Aliás, enquanto meus olhos agora focalizavam a praia lavada e cintilante, fiquei pensando que, se analisássemos amostras centrais de areia no espectrômetro, se coletássemos amostras de solo na maré baixa para observá-las num microscópio eletrônico, talvez descobríssemos pó de bombas, átomos de microesferas de ferro ou fragmentos de vidro, surgidos quando o calor das explosões vitrificou a superfície da praia, mícrons de matéria que nem o tempo nem a corrosão do mar e do vento, nem a lenta decomposição de tudo, teriam conseguido dissolver e fazer desaparecer.

Um SMS de Blaise se preocupava comigo, indicando que ele realmente não havia entendido a dimensão da minha história: tem certeza de que está tudo bem? Você deveria voltar, nós ainda estamos presos por algumas horas aqui em Livry-Gargan.

Não respondi, estava ajoelhada na praia, contorcida, imaginando o extraordinário fóssil que seria a cidade, quando trazida de volta à superfície da Terra depois de ter ficado submersa milhares de anos; imaginava a mistura geológica urbana – a argila do tijolo, o ferro do aço, a areia, o calcário do concreto, o cobre dos fios elétricos, o alumínio das panelas, o cânhamo dos tapetes, o vinil dos discos, o papel dos livros, os microprocessadores de computadores e celulares – e como isso evoluiria ao longo do tempo sob o efeito das forças tectônicas que elevam ou afundam, da erosão sedimentar, da degradação química, como tudo isso iria se dissolver, liofilizar, carbonizar, enferrujar, mudar de cor, reagir ao poderoso processo metamórfico em virtude do qual nada, nem mesmo uma cidade construída para durar milhares de anos, pode permanecer intacto.

Mais de perto, a pedra preta exalava um cheiro de sal e algas em decomposição, fedia a camarão e roupa de surfe esquecida no fundo da garagem. Girei ao redor dela, com uma lima que encontrei na bolsa, raspei um pouco do óleo combustível, depois disso algo disparou, algo que não pude controlar, medi o terreno, contei meus passos da pedra ao dique, depois da pedra à costa, o barulho do mar ficou mais perto, eu ouvia os seixos se entrechocando, esmerilados na espuma, anotei as medidas na minha caderneta, estava prestes a chover, introduzi numa garrafa vazia as coisas insignificantes que havia recolhido, tampinhas de cerveja, cacos de vidro, elásticos, pontas de cigarro, essas coisinhas, esses magros resíduos que, na verdade, sob aquela casca de plástico translúcida e ligeiramente azulada, assumiam fisionomia de indícios, metamorfoseavam-se em provas científicas: era como se a loucura da investigação tivesse tomado conta de mim. Antes de ir embora, lancei um último olhar para o lugar onde o homem tinha sido encontrado morto na manhã de 16 de novembro, com meu número de celular no bolso, aquele homem provavelmente assassinado. Que tivera a intenção de me ligar. Que tinha algo para me dizer.

os cantos das sereias

Era meio-dia quando subi no dique – eu também queria fazer o passeio até o farol. Sobre o quebra-mar flutuava um halo de umidade que desapareceu assim que me aproximei, quando a barra se tornou muito real, estendida e realçada, do lado do mar, por uma mureta de concreto, como um rabicho de muralha, de modo que eu ouvia as ondas batendo na parede, o estrépito da ressaca, mas não via nada. Ao longe, o farol projetava sua ociosidade sobre o anteporto, vago e solitário, resignado a esperar a noite para emitir sua assinatura luminosa: um esplendor vermelho a cada cinco segundos, visível a vinte e uma milhas náuticas. Batimento cardíaco da noite portuária. Pulsação elétrica que o distinguia entre os faróis e as balizas da fachada oeste e clamava: eu sou o farol do dique Norte do Havre.

Reli o texto de Blaise – tem certeza de que está tudo bem? –, mas dessa vez percebi a preocupação genuína, amorosa, e isso desencadeou em mim uma espécie de alerta surdo, Blaise parecia perceber algo que eu mesma não percebia. Uma placa advertia para o perigo de caminhar aqui com mau tempo e, como prova, alguns metros adiante havia pedras amontoadas desordenadamente: uma onda mais forte que as outras as varrera para o fundo do mar, depois as arrojara por cima do muro do dique, onde poderiam ter abatido qualquer pessoa. Levantei a gola do casaco, enfiei as mãos nos bolsos, apertei o cinto e, com a bolsa nas costas, saí sob a garoa fina que às vezes virava neblina, às vezes, chuva.

Como a maioria das pessoas, prefiro passeios em circuito, que liberam um périplo, aos passeios que levam a um ponto fixo, depois exigem que se faça meia-volta para retornar pelo mesmo caminho. Evidentemente, o passeio do dique pertence à segunda categoria, mas oferece um bom quilômetro para a gente desanuviar o cérebro, entregar-se à reflexão, segundo o princípio do *thinking by walking* praticado pelos passeadores oblíquos, aqueles que combinam a tensão muscular, o encadeamento de apoios e o ritmo das pernas à especulação, que indexam a gramática do corpo pela do pensamento, para os quais caminhar consiste precisamente em pôr para trotar aquilo que está na cabeça. Sobre o dique, a ida poria em marcha o descongestionamento da mente – a questão é agitada, oxigenada, desenrolada à medida que o farol se eleva na perspectiva, com quinze metros de altura e coroado por uma lanterna vermelha, cada vez mais tangível, evidente, cada vez mais detalhada também –, ao passo que o retorno, invertendo o ponto de vista, tomaria a realidade de trás para a frente, fazendo aparecer, se não uma resposta, pelo menos outra formulação: a arte de *arrepiar caminho*.

Eu deveria ter pensado calmamente naquele ingresso de cinema que estabelecia um elo entre mim e o morto, classificar as hipóteses, desdobrar aquele regresso ao Havre, seguir aquelas linhas que iam do comissariado ao bairro Perret, do bairro Perret ao quebra-mar, mas, percorridos alguns metros, enquanto eu refletia sobre as últimas semanas, como se o gênio do dique entrasse em ação, comecei a identificar uma série de acontecimentos passados que, dissociados uns dos outros, teriam continuado insignificantes, quase impossíveis de detectar, mas, ao se interligarem em mim na velocidade da marcha, sugeriam um fenômeno: estava acontecendo alguma coisa, alguma coisa que tinha a ver com o Havre, alguma coisa que me dizia respeito.

Primeiro, uma revoada de gaivotas risonhas sobre o canal Saint-Martin, no coração da noite parisiense, há um mês, asas de uma brancura ofuscante correndo entre as fachadas como num *cânion* escuro, as janelas do apartamento vibrando com sua passagem, eu as observara descalça, sem fôlego, distinguira a mancha preta que todas têm atrás do olho, suas patas alaranjadas e o bico de um vermelho-escuro, e, quando o seu grasnado se desvaneceu na escuridão – aquele grito rouco e curto que se ouve de longe –, pensei na estação do Havre, nas gaivotas em embaixada, brincando nos cais e nas colônias estabelecidas na costa, criaturas pouco ariscas que espreitam nossos sanduíches e acabam por espicaçar o lixo que se espalha pela praia, e uma emoção inesperada surgira então, minha garganta estava apertada; mais recentemente ainda, querendo abrir espaço no guarda-roupa, apalpei algo espesso no bolso interno de um casaco que não usava fazia vários meses, afundei a mão e me senti ligeiramente projetada para trás, como se tivesse recebido um choque elétrico: cuidadosamente dobrado ao meio, um panfleto do Coletivo Os Mortos da Rua interpelava a sociedade sobre o número de mortos isolados na França em 2021, ou seja, 623, os nomes estavam listados em colunas, seguidos da inicial do sobrenome quando não eram X, mortos desconhecidos; por fim, no final de semana anterior, uma mensagem de Clara, uma amiga de "profissão", anunciara que ela seria a voz em off francesa de um documentário italiano dedicado a Pasolini, ele também encontrado morto numa praia, ele também numa manhã de novembro – Ostia, 1975 –, mas identificado de imediato, apesar dos estragos que seu corpo sofrera; ela queria que eu lesse o roteiro que retornava à investigação e defendia a tese do assassinato político, e percebi que ainda não lhe respondera: o que seu apelo me mostrava era uma praia preta, lamacenta e riscada, o fundo eriçado de tamargueiras empoeiradas, bambus, eucaliptos acinzentados, areia coberta de detritos, preservativos e seringas, a costa festonada de ondinhas espessas e oleosas, uma praia semelhante a um terreno baldio, ao mesmo tempo zona crítica, margem suspeita e orla dos mortos.

Pálidas coincidências, perturbações sensoriais, associações fugazes e discutíveis, tais divagações coexistiam em mim como se estivessem aprisionadas na malha translúcida e apertada de um tule: eu as via voejando, pousando, batendo as asas como borboletas, eu as aproximava umas das outras. A cerração se rasgava, formando nuvens esbranquiçadas, e eu ia a passos largos, pulando as poças de mar, evitando os seixos, e, por mais que minhas orelhas estivessem geladas, eu sentia calor.

Mais adiante, no fim do quebra-mar, enquanto fazia meia-volta, pensei na minha voz que tinha fraquejado várias vezes este mês, naquelas falhas estranhas e repetidas às quais não tinha dado atenção, mas que se haviam acumulado ao longo das gravações para onde eu ia com passo leve e humor racional sob a luz perolada de novembro. Para adormecer minha vigilância ou me pôr de escanteio sem muita onda, diziam no fone de ouvido que certamente se tratava de um cansaço passageiro, da entrada do inverno, que iriam me substituir desta vez, mas logo me chamariam de novo. Eu não era boba, mas refletia que em breve me faltariam argumentos: fazia três dias, em Londres, eu tinha falhado completamente nos testes para dublar Carey Mulligan numa série americana, *Lady Forger* – contrato importante, papel que era minha praia e para o qual tinha grande esperança de ser escolhida.

O quebra-mar, na volta, dava para uma paisagem saturada pela garoa, paisagem que se estendia por toda a frente marítima, da porta Océane ao cabo de Hève, e levava para a extremidade oeste do litoral, até aquele lugar que agora é chamado de "fim do mundo". Voltando assim, com o vento por trás, e como se o dique estivesse terminando de cumprir sua função, eu tinha outro ponto de vista sobre o que me acontecia, sobre aquele cadáver que irrompera em minha vida: não era um fato isolado, ele assumia um lugar numa rede de signos, era um signo. Talvez seja um fantasma, pensei, embora geralmente me mantenha distante dessa palavra, protegendo-me de sua beleza noturna, do seu encanto dúbio, opaco, da sua sedução vistosa – uh, uh de lua cheia em mansão inglesa, sombras pálidas e vaporosas, corvo que fala e barulhos de correntes –, no entanto, quanto mais o farol diminuía atrás de mim, desfocado na neblina, mais essa palavra se impunha, dizia aquela presença concreta e fugidia e me mostrava aquele morto que tinha vindo me entregar uma mensagem.

A costa iluminou-se subitamente com uma luz de vitral que todos sabiam que não duraria, transparência verde e amarela dos raios que sublimam a grisalha antes de se fundirem, com o céu ainda mais escuro por ter acabado de resplandecer, e perguntei-me se aquela história, iniciada na véspera, quando a pizza ainda pesava em meu estômago, não tinha como desígnio secreto fazer-me voltar ao Havre, e, no momento em que formulava essa hipótese, exatamente nesse instante, como se a realidade se sincronizasse direitinho com minhas cogitações, fui apanhada por um vagalhão.

Ele certamente se formara ao largo, adquirindo força na corrida, cada vez mais furioso à medida que ganhava velocidade, e devia ter a crista ainda alta quando arrebentou contra o dique, quando sua espuma se elevou a dois ou três metros, um gêiser de total beleza, mas, em vez de me afastar a tempo com um salto lateral, levantei a cabeça por uma fração de segundo para os milhares de gotículas que cintilavam no ar, para aquele domo aonde convergiam as águas do mar e do céu, de modo que o corpo da onda, seu alicerce marinho, abateu-se sobre mim, splash! Fiquei surpreendida com sua potência e com o fato de me atirar contra o parapeito do lado da marina de forma tão brutal, como se eu recebesse um bofetão em cheio na cara, como se levasse um enorme sopapo de água. Agarrei-me aos tubos amarelos para não rolar pelo chão, onde ainda corria o risco de ferir o rosto e as mãos, enganchei-me, e só quando o frio começou a morder, um choque térmico, foi que recuperei os sentidos. O mar continuava a rebentar com mais força atrás da muralha, com seu movimento bem audível, lembrando-me afinal de que as ondas vinham em série – em série de quantas? de sete? –, corri para fugir das próximas que me prometiam as mesmas bateladas de mar. Meus jeans estavam duros como madeira, meu casaco tinha o peso de um burro morto, meus pés chapinhavam nas botas, e eu saí do dique no momento em que a onda seguinte explodiu atrás de mim.

A mulher atrás do balcão do bar franziu os olhos no momento em que atravessei a porta, transida de frio, azul, com as roupas encharcadas. A senhora pegou uma chuvarada. Aproximei-me do balcão para pedir um chá, meus dentes batiam, ela me disse que tirasse o casaco e pusesse para secar no aquecedor do fundo, os sapatos também é preciso tirar, o frio pega a gente pelos pés. Ela falava sem rodeios, fiz o que ela mandou, eu estava lenta e pesada, grogue.

Pouca gente aqui, a frequência do bar provavelmente está ligada à atividade da marina que, neste dia de tempo ruim, era nula: nenhum veleiro se atrevera a sair. Uma menina desenhava numa mesa de canto sem levantar a cabeça, dois turistas sentados à mesa da frente da vidraça inclinavam-se sobre um guia de arquitetura, e um trio de rapazes que claramente conheciam a dona ocupava uma mesa maior no fundo. Fui me encolher num banco – quando eu morava bem atrás, a alguns quarteirões, o Bar des Sirènes era um bar de velejadores, sujeitos com roupa de mar e moças sem maquiagem, um bar de cerveja e chocolate quente, com uns caras que atendiam no balcão, pescoço enfiado nos ombros, falavam de velames e obras mortas mastigando o filtro dos seus cigarros, comentavam as previsões meteorológicas, contestando-as por experiência, como diziam, descreviam as rotas marítimas ideais para apanhar a Corrente do Golfo em Cabo Verde ou atravessar sem problemas o Raz de Sein, saudavam o regresso do *Jolie Fille*, que navegava a barlavento como ninguém, ou a partida do *Rara Avis*, que numa parte do ano ficava ancorado nos cais Vauban e em janeiro retomava a rota dos alísios para seguir rumo às Antilhas, mas, assim que a porta se entreabria, o tilintar metálico das adriças esticadas nos mastros dos veleiros amarrados em frente, no pequeno porto, invadia a sala, uma vibração impaciente, febril, e então, finalmente, eles se calavam: era o canto das sereias.

Comprida, ao mesmo tempo filiforme e ossuda, androginia delgada das moças solitárias, aquela que me recebera avançou em minha direção, produto sedimentado de loirice escandinava, palidez fotossensível e jeans desbotado. Os anos derrapavam sobre seu corpo impossível de datar, ainda que na testa, preocupada, a ruga vertical cortasse uma sombra, um traço antigo. Ela pousou meu chá na mesa e depois recuou. Eu sentia que me esquadrinhava, frontal, com os braços cruzados sobre a bandeja circular que segurava colada ao ventre. A gente se conhece. Levantei os olhos. A gente se conhece? Sim. Seu corpo dançava num pulôver largo de lã crua, tricotado com tranças grossas, pescoço fino, cintura aprisionada naquelas calças ultralargas que a faziam parecer estar flutuando pela sala como uma caravela, navegando justamente. Tinha maçãs do rosto altas, uma covinha no queixo. Algo de Meryl Streep. Sou a irmã da Vanessa, a irmã mais nova dela. O calor do chá se infundia em meu corpo, mas se dissipava rapidamente, e o frio voltava a colar-se sobre mim como uma armadura de gelo. A irmã mais nova da Vanessa? Sim, Virginia. Fiquei estupefata – de novo a Vanessa, o cabelo cor-de-rosa, a jaqueta de couro, a gravação de Jacqueline. Você ia à nossa casa estudar para o exame do bacharelado, lembra? Claro que me lembrava. Perguntei-lhe onde a Vanessa morava agora, o que fazia, tendo a surpresa de saber que ela tinha acabado por ir viver na ilha de Skye, onde criava ovelhas, Scottish Blackface de grande reputação. Sinto saudade da minha irmã. Virginia continuava a me observar: e você, parece que se tornou uma das vozes de *Naruto*, com elogios da imprensa local! Sépia nos olhos, sorriso de baixa frequência.

***

Eu estava entorpecida pelo frio, mas era bom estar ali, atrás daquelas grandes janelas que davam para a entrada do porto, sentia que estava bem inclinada a me demorar um pouco, que no fundo nada era realmente urgente, e, como se tivesse captado meus pensamentos a distância, Blaise me ligou naquele momento, agora com voz atenta: ainda está no Havre? Ele tinha pensado na minha história, no número escrito no ingresso de cinema, quem escreveu o número pode muito bem ter cometido um engano, é bem comum, sabe, erro é coisa que aparece em todo lugar, estou em boa posição para saber, eles se metem nos sobrenomes, contaminam as datas, perturbam os endereços, falseiam até nossas medidas nos documentos oficiais. Veja só – eu o imaginava girando sobre si mesmo, em lugar afastado, num corredor do ginásio Danton de Livry-Gargan, arqueado, ator e certamente muito engraçado naquele instante: dizem que eu meço um metro e oitenta e um e tenho olhos castanhos, está escrito no meu passaporte, quando, na melhor das hipóteses, tenho um metro e setenta e seis, e meus olhos são cinzentos. Eu não dizia nada. Por acaso meus olhos não são cinzentos? Eu tiritava tanto que derrubei chá na mesa. Acabei perguntando como as meninas estavam se saindo, ele respondeu que elas eram fantásticas, depois retomou: você não está convencida da minha hipótese, acha que é fácil, é por causa do Havre, se tivessem encontrado o sujeito em Dole ou Bergerac, não seria a mesma coisa, mas o Havre é algo que te vira a cabeça; o teu problema é o Havre.

Eu estava congelada – não sei como aquilo tinha acontecido, mas a onda havia atravessado o casaco, encharcado o pulôver e os jeans. Virginia deu uma olhada na sala para verificar se alguém precisava de alguma coisa, olhou o relógio de pulso, inclinou-se para a menina que estava desenhando, depois me disse para acompanhá-la. Um dos rapazes da mesa do fundo – pensei em estudantes do Ponant – virou-se para pedir uma cerveja, em seu cabelo meio comprido tinha atado um lenço à maneira de pirata, de motociclista – uma espécie de bandana. Virginia abriu uma porta ao lado do balcão, atravessamos o depósito onde eram armazenados os barris de cerveja, as caixas de refrigerantes e as bandejas de ovos frescos, depois subimos para o andar de cima por uma escada de madeira que dava para um aposento escuro e superaquecido, com tapeçaria nas paredes.

Uma fenda de luz entre as cortinas iluminava a desordem, ouviam-se sons de respiração, suspiros, gemidos fracos, mas não dava para enxergar claramente as formas humanas deitadas sob o edredom de um sofá-cama. Malas de rodinhas e sacolas abarrotadas de roupas estavam derrubadas no chão ou amontoadas contra a parede. Virginia pôs um dedo nos lábios, saltou por cima de tudo aquilo para abrir um armário, de onde tirou rapidamente uma pilha de roupas e um par de tênis, e pôs tudo nos meus braços: pegue, vista isso, tome uma ducha bem quente se quiser, vamos secar suas roupas. Seus gestos eram calmos, a voz, aérea e precisa, pousou uma das mãos no meu antebraço antes de sair do aposento.

O banheiro era tão pequeno que precisei me contorcer para tirar os jeans, o tecido colava-se às coxas, abrasivo, repuxava a pele como quando se arranca uma ventosa, minhas articulações doíam. Despi a camisa, que estava com o colarinho encharcado, descalcei as meias, tirei a calcinha e o sutiã, a pele de minhas coxas se arrepiou, depois entrei na banheira e me agachei para me borrifar com água quente, dedos dos pés, ombros, costas, o vapor embaçou o espelho, enquanto minha pele de quase cinquenta anos ficava vermelho-lagosta. A água escorria pelo meu rosto, meus dedos encontravam manchas roxas na testa e nos braços, pequenos hematomas, eu tinha saído do dique desorientada, atordoada, cortando pelo centro náutico, correndo a esmo entre os veleiros em hibernação, entre cascos virados, cobertos com lonas ou sobre reboques, chocando-me com quilhas e cabrestantes. Fechei os olhos e vi novamente a onda, aquele vagalhão violento que certamente arrastou seu punhado de pedras e me sovou como se eu fosse apenas um fragmento de sílex entre outros, e, quanto mais eu pensava naquilo, quanto mais trazia de volta o momento em que ela arrebentou acima da minha cabeça, com sua carga de átomos derramada sobre os meus, com suas moléculas encontrando-se com as minhas, mais aquela onda me parecia uma pessoa. Não apenas uma força, ou um ritmo, uma fração elementar do mundo natural, não apenas uma entidade viva, mas uma pessoa, de verdade. O fato de não ser humana não tinha a menor importância, eu podia afirmar com certeza que tivera uma relação com ela: eu havia chamado, ela tinha vindo.

No instante seguinte, enquanto eu pingava sobre o tapete de banheiro, enquanto esfregava o corpo com a pequena toalha que Virginia tinha juntado à pilha de roupas, percebi que estava chorando, lágrimas de cansaço, pensei de início, enxugando-as com a mão exasperada, lágrimas sem importância, lentas e ridículas, mergulhei a cabeça no decote da camiseta, procurando as mangas, enquanto meu choro aumentava estranhamente. Apoiei-me na beirada da banheira para vestir o amplo agasalho de treino, calçar as meias soquetes Go Sport, cambaleante, meus soluços agora pareciam uma pequena barragem cedendo, e por fim pousei um joelho no chão para amarrar os tênis, que eram pretos e estavam bem estragados. Algumas gotas de água salgada caíram no chão. A toalha pequena cheirava a roupa úmida, estava tão áspera que arranhava em vez de afagar, tão velha que já não absorvia nada. Eu tinha dificuldade para respirar, inclinei-me sobre a pia para recuperar o fôlego, esmagada por uma tristeza muito antiga, e, quando levantei a cabeça, o espelho, velado pela condensação, refletia de mim apenas um halo avermelhado.

Desmoronei sobre o vaso sanitário bem próximo no momento em que outra coisa bem diferente desmoronava em mim. A posição de meu corpo, com as coxas afastadas sobre a tampa de plástico, cotovelos nos joelhos e cabeça inclinada para o chão, o cheiro da toalha e, provavelmente, o axadrezado do cimento cinza do piso, essas percepções trouxeram-me à memória o banheiro também ladrilhado onde me trancava enquanto batiam à porta, dizendo-me que saísse, que partisse pra outra, Craven tinha desaparecido fazia tanto tempo que eu me perguntava se o que tínhamos vivido era real, se aquele sentimento entre nós tinha de fato existido ou se eu o inventara, se tinha fabulado, hipótese que me aterroriza, preciso refletir, repasso o filme, percorro microscopicamente os fotogramas e depois os mantenho distantes, para identificar o que não está batendo, o que pressagia o seu *ghosting*, o meu, o que desencadeia aquele rompimento abrupto.

No primeiro dia de setembro, aquele rapaz que todos no Ponant chamam de Craven está prestes a embarcar num trem na estação do Havre, com seus cabelos de astracã em corte curto, vestindo camisa clara, sorrio para ele na plataforma, a partida dele vai me deixar totalmente livre para relembrar o verão radioso que acabamos de viver, tenho uma bandana vermelha na cabeça, amarro-a ao redor de seu pescoço e continuo de olhos secos, não sei em que hotel de Sète ele passará a noite, vai telefonar, é ele que declara, mas sem prometer, eu requisito a linha telefônica da casa, viver um primeiro amor me confere todos os direitos; na primeira noite ele não liga, digo que o telefone do hotel está com defeito, no dia seguinte também não, digo que ele deve estar a bordo – muitas informações, muitas coisas para fazer –, e, sabendo que ele está no mar, digo que vai preferir escrever. Não pressinto nada de especial. Meu sentimento é confiável. Passa-se uma semana. As aulas recomeçam no liceu, o céu esfria. Segundo os meus cálculos, ele em breve cruzará Gibraltar, deve ter subido para observar o navio engolfando-se no Atlântico, o passadiço está mergulhado na escuridão, as luzinhas piscam, o radar cria um halo de luz verde que pincela os aparelhos e os rostos, o tráfego é intenso, cruzamentos em todos os sentidos, sobe-se da África, desce-se do norte da Europa, desemboca-se do Mediterrâneo, centenas de faróis se movem sobre a via marítima, francamente não é um passeio, nem é hora de pensar em mim, admito com facilidade. Uma manhã, ao acordar, fico em pânico, fiz ou disse algo que não devia, reviro o verão que acabou de transcorrer, filtro junho, julho, agosto, peneiro e destilo, não encontro nenhum indício que possa esclarecer aquele silêncio absoluto, acabar com minha ansiedade, e de imediato atravessa minha mente a ideia de que lhe aconteceu algo, intoxicação, apendicite, alguma coisa bem violenta em todo caso para impedir qualquer pedido de contato comigo pela estação de rádio Saint-Lys – mas, estranhamente, a morte dele não é uma opção. Fecho-me no banheiro, preciso refletir. Outubro, e agora a espera me atormenta, sobrecarrego meus trajetos com ritos conjuratórios que travam meus gestos, interrompem minhas palavras – quando volto para casa, estabelecem-se obrigações enfadonhas, pensamentos mágicos: não devo olhar para a caixa de correio antes de abrir a porta, nenhum carro deve passar atrás de mim no momento de cruzar o limiar, nem meu corpo nem minha bolsa devem tocar nas paredes da escada. Digo que a espera demasiada impede o acontecimento, minha espera é de deixar de esperar. A dor é física. Minha mandíbula fica bloqueada. Por baixo da porta do banheiro que monopolizo passam vozes, saia daí, você está enchendo o saco, acha que está sozinha na Terra. Estou encurralada naquele tempo de substância estranha – tempo de espreita que se tornou tempo espesso e lento, tempo que se sente passar. Compreendi há muito que a coisa tinha melado – sei desde a primeira noite –, mas não largo mão, fico zanzando em torno do bilhar da rua Georges-Braque, rondando o Ponant. Um dia, fico sabendo que ele está em Montreal, com um amigo dele consigo o seu número de telefone, e aquela chamada transatlântica, tão cara, tão complicada de fazer – o fuso horário –, acaba num fracasso, uma voz gravada que não é a dele convida a deixar recado, eu balbucio e desligo: vou me trancar no banheiro. Estudo muito, minhas notas são excelentes, tenho dificuldade para dormir, dizem que emagreci. Não tenho o endereço dele, não sei para onde escrever. Há alguma coisa que não compreendi, que não compreendo, que não consigo compreender. Eu me maquio na frente do espelho, saio para uma casa noturna de Deauville com uns rapazes que usam jaqueta teddy e jeans estampados, não tenho dezoito anos, mas trapaceio, troco minha carteira de identidade pela de uma amiga na hora de passar pela porta do clube, danço, danço, não paro de dançar, ele está escondido em algum lugar na multidão, sei que está me olhando, não bebo uma gota de álcool porque, se beber, choro, sou uma verdadeira torneirinha; as noites no estuário são cintilantes e góticas, estou à deriva, sei que a coisa morreu, mas continuo esperando – enquanto espero, algo existe, enquanto sofro, algo acontece. Dizem-me que um comportamento tão cruel e tão baixo exige outra coisa, não lágrimas, exige raiva, esquecimento, e, por favor, saia do banheiro. Mas a espera é o contrário do esquecimento, esse é o x da questão, e fica a raiva que não pega de verdade. Digo, resoluta, que não nos devíamos nada, não tinha havido pacto, juramento, nem mesmo promessa, que exigir explicações não serve para nada e enfeia o que tínhamos vivido. Na véspera de Natal, vejo-o andando pela rua Jules-Siegfried, o blusão, a bandana, os cabelos grossos e pretos, Craven, de volta à cidade, começo a segui-lo, a pressão em minha cabeça aumenta a cada passo, subo no tramway, ele se vira um pouco, e fico estranhamente aliviada por não ser ele. No dia seguinte, minha mãe tamborila na porta do banheiro, faz horas que estou lá dentro, é chato, ela precisa entrar, meu sangue espirra na pia, ganho de Natal botinhas azul-petróleo, estou sendo vigiada como leite no fogo, meu corpo está rijo, a dor vai e vem. O rosto dele se esvaece, a obsessão que o mantinha preciso e luminoso em mim acabou por desgastá-lo, seus contornos estão menos nítidos, uma noite reabro a gaveta, tiro uma foto de dentro de um caderno, estamos juntos, encostados na parede da antiga estação marítima, lado a lado, com os braços pendentes ao longo do corpo, e nossos dedos mal se tocam, Craven e eu, *the perfect duo*, mas já não me pareço com a garota da imagem, e o sujeito ao lado é quase um desconhecido, na noite seguinte sonho que ele volta com traços de outro, e eu sou a única pessoa que sabe ser ele, algo apodrece, tenho frio o tempo todo, não posso ver uma bandana sem sentir cólica, abril agora, abril de urzes e suéteres, saio do banheiro, rasgo a foto e a jogo no lixo. Ainda fico olhando um pouco demais o mar pela janela, mas nada de muito dramático. A espera perde força, perde violência, encolhe-se dentro de mim. Seca e se esbranquiça, vira uma pequena ruína. Quando desponta junho, volto a sair para me bronzear nos seixos.

A porta abriu-se bruscamente, e uma moça de coxas magras apareceu no limiar, rosto amassado pelo sono, seus olhos piscaram uma fração de segundo, ofuscados pela lâmpada fluorescente da pia, depois ela abafou um grito ao me ver, antes de exclamar *oh sorry!* e fechar a porta com pressa atrás de si. Dei um jeito de me vestir e sair.

Desci as escadas em direção ao salão do bar depois de ter apanhado num estojo do banheiro um pouco de creme hidratante e blush cor-de-rosa para recuperar um aspecto humano, mas o agasalho verde-chiclete e os tênis pretos enormes mudavam tanto a minha aparência que Virginia caiu na risada atrás do balcão, você está ótima assim, depois, voltando a ficar séria, sondou-me com seu olhar perspicaz, como se tentasse me decifrar: está tudo bem? Não reagi, tinha outra coisa na cabeça, queria saber se o Narval ainda existia na rua Georges-Braque, o bar com bilhar, e, surpreendida por essa pergunta que saía do nada, ela se encostou à máquina de café, agitando uma das mãos por cima do ombro, sinal de que os anos tinham passado, faz um tempão que o Narval fechou, querida, hoje lá é uma agência bancária. Revivi a sala esfumaçada e pensei nas pequenas quantias de dinheiro que circulavam em torno da mesa, nada de nota grande, não, ganhos de fedelhos, de estudantes, muitas vezes queimados na mesma noite no bairro Saint-François, no Vénus Bar, no Cap-Verdien ou no Origine du Monde.

Os estudantes da mesa do fundo estão de saída, o do lenço de pirata já estava lá fora, cigarro na boca, esperando os outros dois; os fãs de arquitetura enfiavam os respectivos impermeáveis arrastando as cadeiras no chão, e a menina já tinha voltado para a aula da tarde, com a mochila nas costas – era a filha da Virginia, tinha oito anos, a escola ficava logo atrás. Fui buscar minha bolsa que estava secando perto do aquecedor, tinha vontade de fumar, gesto nervoso, desajeitado, meu maço carregou consigo um papelzinho que saiu voando, solitário, hesitante, antes de ir pousar bem no meio da sala, onde corria o risco de ser pisado por uma sola, um salto, estendi a mão e virei-o: era o retrato falado do homem do dique Norte, e de repente achei que já o tinha visto.

As mulheres que dormiam no quarto do andar de cima eram ucranianas, duas estudantes de Kharkiv, e fazia uma semana que esperavam o visto para poderem apanhar o ferryboat de Portsmouth. Virginia apontou um dedo para o teto: há bastante rotatividade lá em cima, tenho esse quarto, que sirva para alguma coisa. As moças tinham dormido quinze horas seguidas no primeiro dia, uma atrás da outra em posição fetal, e desde então não tinham saído uma única vez, nem mesmo para dar um passeio na praia ou uma volta pela cidade, estavam se lixando para tudo isso, não conseguiam fazer outra coisa senão ligar para a embaixada da Grã-Bretanha, deitadas na cama, horas a fio com o ouvido colado na musiquinha do *chatbot* que às vezes silenciava antes que elas fizessem a solicitação.

Meu olhar acompanhava Virginia, que falava ziguezagueando entre mesas e cadeiras, apanhava xícaras de café, arrumava almofadas nos bancos, alada, ativa, evoluindo na sala do bar tal como me aparecera à primeira vista, uma espécie de fada logística, uma mulher de panos e roupas secas, uma mulher de sopa e soluções. As moças não aguentavam mais esperar, tinham saído de Kharkiv no final de outubro, num ônibus de rodas enferrujadas e cortinas sujas, com assentos furados por molas de metal que varavam o tecido, mil quilômetros a poder de calmantes através da Ucrânia em guerra e, apesar da garantia de viagem segura, a angústia de serem paradas por russos, uma patrulha isolada que mandaria todo mundo descer, saquearia as malas, mataria os homens e levaria as mulheres. Tinham dado uma parada nos subúrbios de Kiev, mas não se lembravam exatamente de onde, aliás Virginia nem sempre as entendia, o relato delas muitas vezes era contraditório, tempos, locais, datas, tudo era vago, capenga, elas tinham consciência disso, sabiam que a memória estava zureta, as lembranças, reconstruídas, de tal forma que diziam confiar apenas em seus sentimentos: eles eram a bússola, só eles reconstituíam a verdadeira textura do passado. Virginia lavava os copos um a um e insistia nessa maneira de ser e pensar, espantada, nossos sentimentos são muitas vezes provisórios, às vezes enganosos, não é? A ligeira indecisão que se seguiu me levou a pensar que ela aludia à sua vida pessoal, mas o relato se reiniciou, firme.

As duas moças tinham trocado de ônibus para fazer o outro trecho da viagem, até Medyka, na fronteira com a Polônia, estacionamento gigantesco onde baixava gente da Europa inteira para procurar familiares, recuperar amigos, acolher refugiados, numa confusão de gritos e lágrimas – para evitar perder-se na balbúrdia, cada uma tinha prendido à bolsa, bem visível, uma grande meia rosa-fúcsia –, e no dia seguinte tinham chegado à estação de Przemyśl, encruzilhada onde se misturavam, numa agitação frenética, as pessoas que fugiam dos combates, as que trabalhavam para ONGs, jornalistas, fotógrafos, e, ainda que mais raros, voluntários estrangeiros que iam combater ao lado dos ucranianos, entre os quais aquele tipão de Ohio com quem elas tinham ficado em contato durante algum tempo no Telegram, usando aquele *pidgin-english* desembaraçado e malicioso que as levava a todos os lugares.

Virginia sacudiu as mãos molhadas acima do recipiente, antes de apanhar um pano para as enxugar, eu tinha a sensação de que, nela, fala e gestos eram um mesmo fluxo, de que as mãos provocavam as palavras, de que imobilizar-se era calar-se, eu poderia ouvi-la durante horas. Segundo ela, aquelas duas estudantes não tinham nascido ontem e haviam escapado sem dificuldade dos homens que esperavam escondidos em carros com placas da Alemanha ou da Holanda, com uma garrafa de vodca Soplica segura entre as pernas, sujeitos de pescoço grosso que identificavam as moças sozinhas, moças como elas – pelo menos era o que eles diziam –, e ofereciam-se para levá-las a um lugar seguro, a Hamburgo, Varsóvia ou Amsterdã, arranjar-lhes apartamento e trabalho, sim, elas não se deixavam enganar, os primeiros seis meses de guerra as endureceram. Contudo, no trem para Paris, tinham dividido o compartimento com uma bela moldávia que vestia um casaco de raposa prateada, se expressava num russo rouco e vigoroso e lhes causara forte impressão. Aproveitando uma parada prolongada, tinham conseguido dar uma olhada no conteúdo de sua mala: lingerie de cetim lilás, escarpins com solas vermelhas, um secador de cabelo Dyson e caixas de caviar – muamba de uma aventureira de classe. A mulher lhes garantira que encontrariam facilmente trabalho na Inglaterra, onde criados e domésticos eram hoje mais numerosos do que na época vitoriana, aconselhou-as a apostar na afluência crescente dos ultrarricos que optavam por residir em Londres – indivíduos que prosperavam, não apesar dos conflitos mundiais, mas graças a eles – e a seguirem seus rastros. Na chegada, deixou com elas seus dados num papelzinho que as duas inseparáveis haviam fotografado com o smartphone, certas de que tinham ali um lugar onde aterrissar, de que possuíam um contato, e Virginia, ao saber disso, as alertara, pronunciara as palavras "tráfico humano", "prostituição", enquanto as duas estudantes erguiam os olhos para o céu, exasperadas, pois sabiam o que estavam fazendo. Chegando a Paris, refizeram as contas e escolheram um FlixBus por dez euros para o Havre, depois uma passagem de ferryboat, em vez do caríssimo bilhete da Eurostar. A moldávia, que supostamente tinha uma coffee-shop na Brick Lane, deixou com elas um número de celular que nunca atendia, mas as moças queriam acreditar e continuavam deixando mensagens. Avisada por uma associação, Virginia esperava-as na estação rodoviária, sem guarda-chuva, mas coberta com uma pelerine masculina preta que ondulava contra seus tornozelos.

De repente, como que brotando materializadas do relato dela, as ucranianas entraram no salão, eufóricas, com a prega do travesseiro impressa na bochecha, cabelos desgrenhados. Exibiam códigos QR na tela do celular: os vistos, estavam ali, os vistos, acabavam de recebê-los! As maçãs do rosto de Virginia se iluminaram, ela sorriu, calma, esboçou um vago aplauso. "Apresento-lhe Daria e Iulia", declarou então olhando para mim, e depois, com aquele misto de calor e autoridade que constituía todo o seu encanto, disse que não podiam perder tempo, o ferryboat partia às quatro da tarde, e os passageiros precisavam se apresentar na estação marítima uma hora e meia antes da saída. Encontrei-me então em pleno turbilhão de uma partida. O entusiasmo era palpável, e, embora decerto aliviadas por finalmente poderem ir para a Inglaterra, as duas moças continuavam extremamente tensas e mordiam os lábios, com o traço do delineador espesso, a pele seca. Tinham cabelos de sereia, mas finos e sem brilho, ancas estreitas, e sem dúvida não estavam suficientemente agasalhadas – a mais alta com um pulôver vermelho de malha fina e decote drapeado, a outra com um blusão de moletom rosa pálido, além de jeans justos e tênis. Iulia afastou-se:

ia telefonar para casa, avisar a mãe de que passaria a noite na Inglaterra, mas sua voz logo se estrangulou, e o ucraniano transmitia aquilo que, ao ouvido, soava tanto como súplica quanto como raiva, enquanto seu pé chutava a parede, sua testa batia no vidro da janela. Daria virou-se para nós: Iulia esperava que o irmão viesse encontrá-la, ele vai fazer dezoito anos e em breve não poderá mais sair da Ucrânia, mas prefere esperar para ter a idade de combater, quer fazer a guerra, *it makes her crazy*.

A bagagem tinha descido e agora estava reunida no meio do salão. Virginia rapidamente cortou fatias de bolo e as embrulhou em folhas de papel-toalha, despejou café numa garrafa térmica e depois me perguntou se eu faria o favor de levar as moças para a partida do ferryboat e, colocando em minha mão as chaves do carrinho azul que estava estacionado na frente, sorriu: não posso deixar o Sirènes e, além disso, odeio despedidas. Eu disse ok, apanhada de surpresa, mas também contagiada pela efervescência e pelo sentimento confuso de estar assistindo a um momento importante. Depois, Virginia subiu ao andar de cima, certa de que encontraria velhas jaquetas K-Way que queria dar às moças para a viagem.

Faltavam apenas dez minutos para irmos, era o tempo de localizar no Google Maps a parada dos ônibus que faziam a linha Portsmouth-Londres, de identificar a estação e o Ibis Budget numa *walking distance from the KFC*, ou de verificar o endereço das associações encarregadas de acolher os refugiados ucranianos em Londres, mas, em vez de fazerem tudo isso, Daria e Iulia quiseram falar comigo, como se, antes de deixarem o local, quisessem retomar o controle de uma narrativa que lhes pertencia – *it's our story*.

Daria sentou-se no banco, superflexível, uma acrobata, e começou sem esperar: somos estudantes de biologia na Universidade Vasili Karazin, foi lá que Iulia e eu nos conhecemos, fizemos tudo juntas, a guerra chegou muito depressa, em Kharkiv, tudo virou de repente, *it suddenly rolled over* – ela virou a mão, assinalando a frase –, está amanhecendo, você está enrolando um cigarro na janela, o ar da manhã refresca as tuas faces, teu namorado ainda está dormindo, você dá a primeira tragada, tem vontade de tomar um café, pensa no concerto de hoje à noite, vai acabar voltando para a cama porque tem vontade de fazer amor, e é como uma fita que dá um salto num projetor de cinema, uma detonação, tudo para, corta, é a escuridão, blecaute, e, a partir daí, a vida de antes parece tão distante que você se pergunta se ela de fato existiu, se você a viveu ou se não era sonho, mas não tem tempo de fazer essas perguntas, não tem tempo de lamentar a tua vida, é uma aceleração espantosa e você fica para trás, teu pensamento congela, você está condicionada por reflexos e pelo medo que mandam se esconder, fugir ou lutar, uma emoção que você acreditava conhecer, mas não conhece.

Eu estava suspensa dos lábios dela, do seu inglês nervoso e rude, de sua narrativa que jorrava sem pausa, sem respiração: teu prédio caindo, teu pai indo se alistar, teu namorado morrendo atingido por um estilhaço de bomba enquanto pedala numa avenida de Slobidsky, nada disso você conhece, os foguetes que, ao explodirem, lançam chuvas de submunições você também não conhece, os cadáveres nos poços, de homens e de animais, você não conhece – eventualmente viu filmes de guerra e de máfia, jogou videogames violentos, mas isso, não, isso você não conhece –, bombardeios várias vezes por dia, perceber que a tua vida está em perigo, que a vida daqueles que você ama está em perigo, isso você não conhece, pressentir que sobreviver será uma questão de sorte é coisa que você não conhece, não conhece.

Emocionada, ela engoliu em seco para recuperar o fôlego, e Iulia imediatamente tomou seu lugar, travada numa frequência de mesma intensidade e urgência: em compensação, você começa a conhecer as sirenes de alerta, é muito doido ver como se adapta, como aprende depressa a viver sem se projetar no futuro, a respirar o dia a dia, não adianta morar num país onde o mecanismo da guerra nunca foi desativado, onde a coisa fede há anos, onde já houve Maidan e há violência, combates, onde tudo isso que está acontecendo era previsível, enfim, não adianta, porque guerra, assim, não, você não sabe o que é, e por isso, na manhã de 24 de fevereiro, milhares de pessoas correm para a estação, e se formam centenas de quilômetros de engarrafamento, enquanto os russos bombardeiam Saltivka com máxima coordenação. Depois, um bairro após outro, Kharkiv é metodicamente arrasada, o centro da cidade se esvazia, as pessoas continuam fugindo para o oeste, *they keep fleeing to the West*, teu apartamento desmorona pela caixa das escadas por onde você está descendo para morar no metrô, nos túneis da estação Heroiv Pratsi, onde descobre um acampamento monstruoso, um amálgama de seres humanos e fardos, com gatos acariciados como estrelas lânguidas sobre cobertores. Os caras da defesa territorial circulam para ajudar, a gente os chama, flerta com eles, distribui alimentos e medicamentos com eles. Passamos o tempo nas redes sociais, várias semanas transcorrem sem que se tome a decisão de voltar para cima, algumas noites se toca violão, recitam-se poemas, Daria e eu acabamos abrindo um balcãozinho de manicure: pintamos as unhas nas cores da Ucrânia, *blue and yellow stripes*. Iulia e Daria levantaram as mãos e moveram os dedos com pontas bicolores.

As despedidas foram calibradas com precisão: sem lágrimas, sem promessas, abraços que pretendiam ser leves. Virginia lhes deu as jaquetas K-Way usadas que acabou encontrando, e pusemos no porta-malas a pilha de bagagens que por si só descrevia a confusão e a pressa, a precariedade daquelas duas moças que acabavam de atravessar a Europa para chegar àquela borda de continente – não encontrei coragem de lhes aconselhar abandonar uma parte das malas, de lhes dizer que voltariam para buscá-las, de convencê-las de que o que possuíam de mais precioso cabia numa bolsa: o passaporte, o telefone, um estojo de maquiagem, sua história e uma caixa de paracetamol.

No carro, subindo a avenida François-Ier, não consegui deixar de perguntar a Daria e Iulia o que tinha acontecido depois, em Kharkiv, queria que completassem o relato daquela odisseia, ouvir a última frase, pressionava-as sem conseguir disfarçar minha impaciência quando a hora da partida teria exigido um tom mais sério, mais atento. Elas retomaram o fio da história: em meados de abril, tinham finalmente saído do subsolo do metrô e subido à superfície. Os russos haviam abandonado Kharkiv; expulsos pela contraofensiva, e recuado quarenta quilômetros, numa retirada que revelava os cadáveres assim como a maré baixa revela os destroços dos naufrágios. Mas o céu estava claro, grandes poças de sol inundavam as avenidas esburacadas, as pessoas voltavam para casa, consertando o que podia ser consertado, *fixing what could be fixed,* agindo como se só se tratasse de trocar os vidros das janelas, plantar árvores e flores, erguer um muro, corrigir um madeirame; os parques estavam minados e proibidos para os namorados, mas a cidade desfigurada era envolvida por formas de vida; coroas de flores de cores vivas eram enroladas nas hastes das cruzes dos cemitérios, as sepulturas eram novas, e os passarinhos voejavam nas árvores em botão, e aí, quando já não se pensava naquilo, cegonhas brancas sobrevoaram a cidade, *then white storks flew over the city,* nobres e majestosas, em voo batido, com a cabeça muito à frente, as patas alaranjadas, compridas, ultrapassando por baixo a cauda preta e branca, batimentos de asas ao mesmo tempo lentos e amplos, regulares, vinham voando dos locais de invernagem na África, *they were back home*, e revê-las como a cada primavera, calmas e cheias de graça, *calm and full of grace*, tudo aquilo tinha emocionado as moças, que derramavam lágrimas com os olhos voltados para o céu, provavelmente acreditando por uma fração de segundo que nada de tão grave acontecera, que tudo podia recomeçar como antes, só que algo nelas nunca tinha recomeçado: Iulia e Daria não tinham recomeçado. A bomba de 24 de fevereiro, aquela que explodira contra sua janela em Saltivka, tinha causado outros estragos, esses sim, pérfidos, dissimulados, mas bem reais: o estremecimento agora dominava a vida dos seus corpos, a recidiva do grito sufocado se fazia sentir com o menor estalido de porta, a queda do menor objeto, o menor toque no ombro, o retraimento e a insônia minavam a existência das duas. Um médico esfalfado diagnosticara, de forma bastante lógica, estresse pós--traumático, sem outro tratamento além do repouso, estava na hora de partir.

Fotografei-as na entrada da estação marítima, uma bem pertinho da outra diante da porta de vidro, frágeis, com feições de papel machê. Mantiveram-se eretas e olharam a objetiva de frente, sem sorrir, mas os dedos de ambas faziam o V da vitória. Tinham vinte e três anos, é o que estava escrito nos documentos delas, enquanto todo o resto, impresso em cirílico, me escapava completamente. Três anos mais que Maïa, pensei, com o olhar nas bagagens com que estavam superequipadas.

Continua no próximo episódio, gratificaram-me com uma piscadela seguida de um abraço apertado, continua no próximo episódio, está bem? E depois partiram. Encostei-me no carro e acompanhei-as com o olhar, durante muito tempo, até desaparecerem no prédio, misturadas à fila lenta dos passageiros que passavam pelos controles. A intervalos regulares, viravam-se e me faziam um aceno de mão, ao qual eu respondia sorrindo. Boa viagem, boa viagem. Depois, como se tivessem virado a página, deixaram de se voltar, perdi o rastro delas, e, mais tarde, quando as distingui através do vidro da passarela que levava ao interior do ferryboat, ficou claro que já tinham ido embora, já estavam em outro lugar – meu rosto se apagava na mente delas, enquanto os delas tinham o mesmo destino na minha. Elas nunca tinham navegado, nunca tinham subido a bordo de uma embarcação, seu destino era impreciso, sua trajetória, suficientemente indefinida para se reconfigurar em qualquer ponto do percurso, mas eram moças de longas distâncias, que tinham partido para viajar durante muito tempo, traçar círculos. Pedi-lhes que me dessem um toque assim que chegassem a Londres, que enviassem uma mensagem a Virginia, um WhatsApp, alguma coisa, mas sabia que não o fariam. Permaneciam em mim o relato da fuga e a ideia de que apenas os sentimentos são confiáveis para nos orientarmos.

O ferryboat chamava-se *Le Cotentin*, era uma embarcação grande, estável e alta na água, certamente confiável também, daquelas que não precisam de prático para sair do porto e zarpam diretamente. Previa-se mar agitado, especialmente no final da travessia, nas proximidades da ilha de Wight.

Aurora lívida na gare du Nord, a sala de espera do Eurostar está lotada, os viajantes descem para a plataforma em enormes levas, anúncios bilíngues lembram pelos alto-falantes qué toda e qualquer bagagem abandonada será destruída pelas equipes antibombas, e eu escrevi meu nome e meu número de telefone às pressas numa etiqueta pescada de um recipiente à disposição dos passageiros. Eu me aboletei junto a uma máquina distribuidora de bebidas – estou levando pontapés por translação, pois a máquina engole dinheiro, mas não dá nada em troca, e os fregueses que se acham enganados lhe desferem xingamentos e pancadas como se fosse uma pessoa.

No meu colo, anotado, manchado, cheio de orelhas, o roteiro de *Lady Forger*, que estou relendo mais uma vez, insistindo nas falas de Carey Mulligan, que desempenha o papel principal. Os testes de dublagem dessa série da Netflix, aclamada por recordes de audiência nos Estados Unidos, ocorrerão no estúdio em Londres dentro de algumas horas, já somos apenas duas competindo, e consta que a própria estrela pode bater o martelo – vi a maioria dos seus filmes, estudei sua elocução, a tessitura da sua voz, sua rouquidão langorosa, e aquele toque de *vocal fry* que ela adota às vezes, uma forma de comprimir as pregas vocais para fazê-las vibrar duas oitavas abaixo da frequência normal, a fim de obter um som profundo e sexy. Eu deveria me sentir estimulada, confiante e cheia de energia, já que minha presença na final da formação do elenco por si só representa um sucesso, mas estou tensa: as gravações estão correndo mal, gaguejo durante as captações, solto perdigotos como uma novata nos microfones high-tech, incapaz de ler vinte linhas seguidas sem ter de recomeçar, saltando palavras, engolindo sílabas e me concentrando tão mal que o sentido do que estou lendo acaba por me escapar. Algo sinistro e clandestino anda parasitando minha garganta, engrossando minha saliva, invadindo meu palato. A atmosfera dos estúdios tornou-se opressiva: murmura-se às minhas costas que estou com mau-olhado.

Adormeço assim que o trem parte, com a cabeça apoiada no casaco embolado, aproveitando o lusco-fusco que banha os subúrbios na saída de Paris. A noite anterior foi curta, Blaise apareceu por volta das duas da madrugada na sala onde eu não dormia, com o pijama cinza-pérola abotoado de forma desencontrada, surpreso por me ver lá – mas o que está acontecendo? – e, subitamente desorientada, enumerei-lhe meus fiascos, descrevi aquele fracasso viral que contamina as gravações e meu medo de ir mal no teste do dia seguinte. Blaise, que ignora a lei das séries e despreza as coincidências, manteve-se silencioso e cético, descadeirado junto à porta, em pé na penumbra, depois, subitamente muito desperto, propôs relermos o roteiro juntos, burilando entonações, ritmo, encadeamentos.

A série começa no subúrbio de Portland, onde, endividadíssima, Joan fecha o curso de salsa e parte para Washington, a fim de trabalhar como operária no Government Publishing Office – agência federal que cuida da impressão de jornais e textos oficiais e administra a criação de passaportes biométricos, documentos infalsificáveis graças à integração de um chip eletrônico na capa. Ali empregada, com formação nas técnicas de impressão de ponta, iniciada em tintas e vernizes, ela galga os degraus da agência antes de mergulhar no mundo hiperviolento dos falsificadores e assumir a liderança de um tráfico internacional de documentos falsos. Blaise não demorou muito para desancar o enredo mecânico da série, quatro temporadas construídas sumariamente em torno da personagem de Joan, uma bonequinha venenosa e brutal que se descobre capaz de matar a sangue-frio uma testemunha incômoda ou um javali que ataca. Segundo ele, tudo aquilo não desperta outro interesse senão o de nos introduzir no mundo criptografado e protegido das gráficas estatais. No entanto, eu sentia que ele estava radiante em suas réplicas, tinha entrado no jogo, concentrava-se – e até que era bom ator. Por volta das quatro horas, quando começávamos a segunda temporada, ouvimos barulho de chaves na fechadura, e Maïa apareceu de volta de uma noitada, meio tocada, com um *chapka* na cabeça, desconcertada por nos ver deitados, nos braços um do outro, no meio das folhas espalhadas.

Na hora marcada, retoco a maquiagem no elevador de um edifício de vidro e metal erguido à beira das docas de Canary Wharf – corretor de olheiras e blush, batom para ganhar confiança. Depois de apresentar o passaporte na recepção, enquanto espero ser chamada, sento-me atrás da vidraça. O Tâmisa está caudaloso e vigoroso, aluvial, com uma incrível cor de bronze, inúmeras embarcações navegam sob o sol de outono, suas silhuetas se desenham em sombras chinesas, alguns cisnes costeiam os cais, lençóis de óleo diesel irisam a superfície. Observo os barcos que trafegam, ver tantas embarcações me deixa encantada, identifico os ônibus aquáticos, as barcaças, as chatas e as dragas, um barco coletor de madeira flutuante, um cruzador de cabine desgarrado, uma chalupa descendo devagar para o mar, um barco inflável e alguns botes da segurança, meu olhar ricocheteia de um para outro, vai longe, bem além da London Bridge, acaba por pousar numa lancha rápida que avança na minha direção, tem proa alta, a espuma forma um bigode, lancha semelhante àquelas que transportam os práticos do porto do Havre, semelhante à *L'Hirondelle de la Manche*, o mesmo tamanho, a mesma impressão de velocidade, a mesma esteira – não vejo aquela embarcação desde seu batismo no Havre, num maravilhoso dia de junho.

Alguém pigarreia atrás de mim, é o assistente do diretor artístico responsável pela dublagem, vulgo *vocal designer assistant*, um francês na casa dos trinta com uma vitalidade já de cara insuportável: e aí, devaneando? Ergue seu celular diante do meu nariz: tem vinte minutos, a sincronia labial está pronta, os microfones também. Na sala de projeção, aqueço a voz – trilos, vocalises –, depois assumo minha posição, bem vertical, cabeça erguida e pescoço alongado, respiro profundamente, do fundo do abdome, mantendo os ombros baixos e o peito relaxado. A sala é imensa e fria, as poltronas de veludo azul-escuro fedem a desinfetante, as luzes estão apagadas. Antes mesmo de receber o sinal de partida, o filme é iniciado, e a sincronia labial desfila na parte inferior da tela. Desestabilizada, me reaprumo, conheço o roteiro de cor e localizo imediatamente o trecho, mas, em vez de uma sequência rica e variada, uma sequência que me permitisse explorar minhas competências – por exemplo, Joan, ameaçada por seu credor numa noite de inverno, diante do grande edifício de tijolos vermelhos do 732 North Capitol, de joelhos no estacionamento com um revólver na têmpora, prometendo fornecer passaportes falsos para salvar a pele –, deram-me uma cena insossa, sem dramaticidade, aquela em que ela descobre seu posto de trabalho seguindo o exemplo do operador da máquina. As primeiras palavras na linha de base marcam o espanto embasbacado de Joan diante das impressoras offset: uau! O tamanho das letras é ajustado ao tempo que tenho para pronunciá-las, sempre em sincronia com os lábios de Carey, e, como todas as vezes, fico perturbada ao ver que minha voz ativa o corpo de outra mulher, põe suas covinhas em movimento, provoca piscadas. Gosto de reviver esse milagre, fazer minha fala coincidir com as expressões de um rosto, mas também com os gestos das mãos, com as elevações imperceptíveis do tórax, até tocar às vezes o fluxo interior de uma pessoa – é isso que tenho em vista na dublagem, não a aderência mecânica, mas a animação de um ser – e daí a pouco já não sou eu dublando Carey, mas é ela que me empresta sua aparência física, de quem visto máscara e lenda, é ela que se torna a minha cobertura.

Agora Joan não diz mais nada, fica de mãos nos quadris e limita-se a inspirar de boca aberta e a arregalar os olhos para pilhas de passaportes. Observa os gestos do chefe, balança a cabeça atenta às indicações dele, concorda com suas instruções, enquanto a sincronia labial só alterna suspiros, consoantes oclusivas e fricativas, uns ooohh, uns mmhh e uns fiuhhhh, verdadeiro pesadelo técnico, de modo que acabo tropeçando, por deixar de observar a abreviatura tipográfica que sinaliza um estalido de língua admirativo quando o operador lhe mostra onde fica o chip do microprocessador na capa do documento. Depois disso, em vez de retomar o fio da cena, eu me afobo, perco toda a correspondência labial com Carey, num naufrágio silencioso que a separa abruptamente de mim e me deixa sozinha, com as pregas vocais paralisadas. Na sala de controle, dizem que está bom, vamos parar por aqui, obrigado, e então o congelamento da imagem fixa a atriz em primeiro plano, boneca fria e distante, boca aberta, ar idiota. Nenhum contato mais entre nós, não tenho mais nada a ver com ela, não posso me insinuar em sua garganta, respirar por seu nariz, rir por seus lábios ou chorar por seus olhos. Devolvi-lhe o rosto ao retomar minha voz.

O *vocal designer assistant* irrompe na sala – o diabo pulando de uma caixa de surpresa. Nada fácil, hein? O telefone dele toca, ele atende em modo viva-voz, como se eu não estivesse lá, durante o tempo em que uma mulher de fala agitada declara que a voz de Mulligan vai ser sintetizada, que é mais barato, mais limpo, que há imprevisibilidade demais na dublagem, muito tempo perdido. Ele me olha, levantando os olhos para o teto, como se estivesse abraçando minha causa, como se fôssemos cúmplices. Sua gravata estreita pende no vazio, parecendo uma cobra, e seus tênis imaculados são duas pastilhas efervescentes na penumbra. Ele desliga, depois me brinda com um atroz sorriso consolador: por outro lado, é difícil ser mais profissional que a inteligência artificial, né?

Recolho minhas coisas, abatida após um desempenho tão medíocre. As páginas do roteiro espalharam-se pelo carpete, ajoelho-me e as apanho, enfio-as de qualquer jeito num envelope transparente, depois subo os degraus em direção à porta de saída, mas, no momento de deixar a sala, mudo de ideia e lhe comunico com voz seca que o teste não ocorreu corretamente, que a sincronia labial foi iniciada sem me avisarem, que a sequência escolhida era praticamente sem texto, enfim, que tudo aquilo não era muito profissional, justamente. Ele me dá as costas, as saliências de suas vértebras despontam sob a malha fina do puloverzinho que usa sobre a pele, está ocupado a desligar o microfone, curvado sobre fios e adaptadores, estou prestes a repetir, a martelar, quando de repente, mais pérfido do que suas micagens me levavam a crer, ele comenta: ator de dublagem já era, esquece. Não ouvi bem, desço os degraus: o que foi que disse? Ele está a alguns metros, concentrado na desmontagem dos aparelhos, encaixotando acessórios, tenho vontade de chutar o pé do microfone, de atirar os filtros para o outro lado da sala, ele faz tudo com calma, aplicado, meticuloso, depois se vira para mim devagar, com o rosto iluminado por um spot lateral, traços voluntariosos, mas já empapuçados sob a pele muito branca, nariz pequeno arrebitado, lábios grossos em forma de coração, cabelo trabalhado em finas mechas verticais com gel capilar. Ele se emenda, é estar ligado na modernidade, ter sintonia com a época: não vamos mentir, você não é ruim, não, mas as vozes sintéticas simulam cada vez melhor a fala humana, a clonagem vocal faz qualquer um falar, em qualquer língua, com qualquer sotaque, digo isso por você, hoje é possível ressuscitar vozes lendárias que ainda podem render muito; indignada, respondo de maneira absurda e sem sentido que a profissão não vai aceitar sem reagir, que a voz é um dado biométrico e que é protegida, mas estou indo pela tangente, jogando na defensiva, sei que já era e, aliás – será que já fiquei afônica? –, ele nem está ouvindo, não está nem aí, completamente à vontade agora, pupilas duras na cara bem alimentada, antes de disparar do nada: deixa de manha, eu aconselho a vender rapidinho a sua voz para uma IA, que assim poderia gerar outras vozes, mais complexas, mais interessantes, você está se fechando para o futuro, fugindo da realidade, esse é o seu problema, e depois menciona com grande sinceridade os atores que adora, o humano que ele sempre defenderá, mas a sintetização multilíngue funciona bem. Eu poderia, por exemplo, falar com a sua voz mesmo mantendo minhas próprias entonações, ou vice-versa. Meu jeito de aparar o golpe é dar risada, meus saltos afundam no carpete azul-noite, subo de novo os degraus, mas, decerto embriagado por suas próprias palavras, ele acrescenta no último minuto, como se me atirasse às costas um derradeiro punhado de terra, que, em matéria de rosto, a coisa também funciona, é bom não se iludir, a inteligência artificial lida cada vez melhor com a cara dos atores, pode envelhecer sem usar próteses, rejuvenescer sem maquiagem, transformar em zumbi, fazer passar de um sexo ao outro, colar a cabeça de um astro requisitado no corpo de um zé-ninguém disponível.

Eu desabo no assento do trem de volta, exausta, nervosa, tomada por uma raiva surda – a oportunidade de se tornar a voz francesa de uma estrela internacional não aparece com frequência, e eu me enfureço por não tê-la aproveitado –, e no momento em que me preparo para escrever uma mensagem aos colegas, contando o que acabou de acontecer, o homem sentado na minha frente desdobra o *Le Monde*, abrindo os braços, e leio, na primeira página daquele 15 de novembro, esta citação estranha: "Ah, bah, não estou te ouvindo, não vai ser salvo." No momento, não percebo do que se trata, mas, mal ele adormece, aproveito para lhe surrupiar o jornal: trata-se de uma longa investigação sobre um naufrágio ocorrido no canal da Mancha, em 24 de novembro de 2021, que provocou a morte de 27 pessoas. As comunicações por rádio entre os operadores do Cross – Centro Regional Operacional de Vigilância e Salvamento – e aquele bote inflável barato, carregado com trinta e duas pessoas, estenderam-se por quase três horas e são reproduzidas em parte no artigo, fazendo-me pensar no enredo de um filme de terror. Sua transcrição é tão clara que permite ouvir a trilha sonora do drama, as vozes no mar, a angústia de quem fala do bote em apuros e a desfaçatez daqueles que, no Cross do cabo Gris-Nez, brincam, trapaceiam, relutam em enviar socorros; é tão eficaz que é possível perceber os efeitos de pingue-pongue entre as autoridades francesas e britânicas, que se delegam reciprocamente a responsabilidade pela disponibilização dos recursos de salvamento, alegando uma linha fictícia que é mais respeitada do que a própria vida: a fronteira das águas territoriais; ela traz de volta os pedidos de socorro dos afogados, vozes ressuscitadas das profundezas do mar, e suas longas vibrações ondeiam em meu ouvido na hora em que eu também estou atravessando o canal da Mancha.

O trem penetra no túnel perfurado quarenta metros abaixo do fundo do mar, na primeira camada estratigráfica do Cretáceo Superior, e, durante trinta e cinco minutos, os vidros das janelas se transformam em superfícies pretas, semelhantes a vastas telas planas apagadas. Pelo que ainda leio, o trabalho de identificação dos corpos recuperados foi longo e doloroso. Os afogados são afegãos, iraquianos, curdos, egípcios ou iranianos, e estabelecer a identidade oficial deles exigiu quase um mês de investigação, visto que os médicos-legistas tiveram de cruzar dois tipos de dados relativos a um mesmo corpo: por um lado, os dados *ante mortem*, documentos de identidade, fotos ou processos de pedido de asilo recolhidos na maioria das vezes junto às famílias e a associações ligadas aos náufragos e, por outro lado, os dados *post mortem*, resultantes do exame do cadáver, que revelam os elementos identificadores, em especial impressões digitais, registros dentários, DNA, mas também as marcas que a vida deixa num corpo, como cirurgias, cicatrizes, tatuagens. Apenas um deles não aparece, um jovem de dezoito anos, que estava no bote, mas não foi encontrado. Pressiono a testa contra o vidro gelado e imagino que ele tenha sido arrastado para uma das praias de seixos que margeiam o canal da Mancha. A primeira vítima identificada, de vinte e quatro anos, Maryam Nuri Mohamed Amin, queria encontrar-se com o noivo naturalizado na Inglaterra: ele trabalhava como barbeiro em Portsmouth.

Volto de Londres atormentada. O bulevar mudou. Podaram as tílias, um único dia foi suficiente para desbastá-las todas. Aumenta a sensação de frio, de outono despido. Na sala, Maïa e Blaise estão deitados na frente da televisão, caixas de pizza abertas na mesa de centro. Eles se endireitam assim que apareço: e aí? Encolho os ombros: Carey Mulligan vai se virar sem mim para falar francês. Depois pego um pedaço de marguerita com os dedos e a engulo antes de lhes anunciar, de boca cheia, agora deitada também, que vou precisar mudar de profissão: por mais que a voz articulada seja uma das técnicas mais sofisticadas do organismo, inventada pelos humanos e pelos pássaros, e diferente em cada um de nós, alguns aplicativos reproduzem num instante a precisão do timbre, a respiração, a tonalidade. As vozes se multiplicam, duplicam-se infinitamente, libertam-se dos corpos, é assim agora, é a vida. Blaise levanta-se, está vestindo um pulôver amarelo-caril e calças cor de sumagre, sai para a cozinha e volta com três americanos bem aveludados, servidos em copos de gala, não vamos nos deixar abater, Maïa se estica e rasteja até mim, vem se aconchegar ao meu lado, com a cabeça debaixo da minha asa, seu corpo é quente e compacto, saiu do treino, transpirou, pede que lhe faça cafuné na cabeça, é ela quem cochicha que ainda há tempo pela frente, que ainda não conseguiram clonar os sentimentos.

Quando voltei do ferryboat, só duas colegiais estavam no Bar des Sirènes, eram três horas, período sossegado da tarde, tudo indicava que Virginia estava no cômodo de cima, eu quis ver os horários dos trens e, pondo a mão na bolsa, toquei o livro que Herminée me emprestara; tirei-o para ver se a água do mar o tinha estragado e me lembrei dela, sentada ontem à frente de uma pizza napolitana que combinava com sua blusa de seda, enquanto eu me mantinha alerta, esperando que ela falasse, coisa que não fez de imediato, não, preferindo me enrolar até o café falando abobrinhas em alto nível, encantadora de serpentes e vagamente ardilosa, seus lábios castanhos se abrindo apenas para me dizer que tinha um texto para mim, que queria gravá-lo rapidamente, conferindo depois a conta linha por linha com seu olho válido, revelando seu perfil, nariz de águia e papada incipiente, lóbulo da orelha distendido sob o peso do brinco, antes de colocar um cigarro na piteira de marfim que arrematava o estilo de sua personagem.

Abandonando a intenção de comprar a passagem de volta, comecei a folhear e a fazer uma sondagem aleatória para formar uma ideia, narrativa nada alegre à primeira vista, até francamente sinistra: um jornalista sueco atravessa os escombros do Reich no outono de 1946, outono frio e chuvoso, outono lúgubre em que as ondas de refugiados inundam a planície alemã enquanto a chuva alaga o fundo dos porões de Ruhr com cinquenta centímetros de água. Seres humanos e lugares tornaram-se irreconhecíveis, todos estão à procura de alguém, um desaparecido que talvez esteja morto ou talvez perambule em algum campo de concentração, ninguém sabe nada, e é isso que enlouquece. Já nas primeiras linhas, desacelerei, atraída pela escrita. Nada, nenhum sofrimento é indescritível, diz Dagerman, que, para isso mesmo, foi à Alemanha, para descrever – seu uso do detalhe chega ao ponto de permitir ouvir o som da mordida que uma mulher dá na maçã num vagão silencioso, cheio de gente faminta.

Fui virando as páginas e, aos poucos, a narrativa se ajustou a outras ruínas, chegou como imagem sobreposta às que a guerra vinha produzindo havia nove meses na Ucrânia, em Irpin, Kherson e Mariupol, em Bakhmut, devastação que era sobrevoada por drones capazes de filmar no nível dos destroços, no fundo das crateras, imagens que rodavam em loop nos canais de notícias, ruínas em que Daria e Iulia tinham vivido ao saírem do metrô, porém, mais ainda e de uma forma ao mesmo tempo surda e íntima, progressiva, de uma maneira que não deixava qualquer possibilidade de esquiva, aquele livro se entrelaçou com as ruínas do Havre que eu tinha estudado ao lado de Vanessa, mais de trinta anos antes. Eu percorria *Outono alemão,* e a destruição do Havre se refletia na das cidades alemãs, naquelas descrições rigorosas, feitas com régua, naquelas andanças por áreas desfiguradas, e aquelas pequenas manobras, aquele desespero, aqueles fragmentos de conversas com seres que, prostrados em subsolos meio desabados, *pedem ao estrangeiro que confirme que a cidade deles é de fato a mais incendiada, a mais destruída, a mais arrasada de toda a Alemanha,* como uma espécie de consolo absurdo, e lembrei-me de que, falando do Havre, eu sempre repetia que tinha sido a maior cidade da França destruída durante a guerra e insistia nesse superlativo, a mais importante, a maior, afirmava essa distinção, fazia questão disso, em especial contra aqueles que insistiam em enfiá-la no mesmo saco de Caen, Brest ou Lorient, eu sempre recorria a esses números, como se contradizê-los equivalesse a roubar-lhe aquele primeiro lugar no ranking das cidades mártires, silenciar o que constituía sua especificidade e, acima de tudo, justificasse seu aspecto.

Durante a leitura, antigas interrogações voltavam a gravitar em torno de mim, sempre as mesmas e, entre elas, o que tinham feito os havreses ao saírem dos porões em 5 de setembro de 1944, o que tinham sentido ao descobrirem a cidade arrasada – o estupor, o desespero. Nas fotografias do dia seguinte ao dos bombardeios, que Vanessa e eu tínhamos recolhido e depois fixado com adesivo dupla-face em grandes folhas de papel grosso, a realidade física tinha apenas um aspecto, sempre o mesmo, o do caos, e eu imaginava aqueles que tinham escalado os escombros para ganhar altura, alguns metros acima daqueles cacos, para se orientar, identificar a marca diáfana dos antigos bairros, discernir talvez o traçado conhecido onde ecoavam, ainda na véspera, os sons da rua, as batidas das sandálias e das bolas de futebol; alguns usavam bússola, outros recorriam à trajetória do sol. Não se trata de tábua rasa, de modo algum, o que as ruínas exibem é destruição, é coisa completamente diferente.

Diante de nossos olhos – rímel turquesa nos de Vanessa, pintura carregada nos meus –, as imagens de arquivo logo se fundem numa única e mesma fotografia, a da devastação total que representa toda cidade bombardeada – Hamburgo, Dresden, ou Grósnia, Beirute, Gaza. Apesar de tudo, os topônimos que escrevemos sob as imagens ou anotamos por meio de pequenas setas traçadas com ponta fina insistem em situar lugares: *praça Saint-Roch, rua de Paris, avenida François-Ier*. Mas já não há praça Saint-Roch, já não há rua de Paris, já não há avenida François-Ier: os nomes são disfuncionais. Perderam o poder de designar, de distinguir um lugar de outro, apenas pairam sobre o insituável. No entanto, sua remanescência continua trabalhando o espaço, incita-nos ao reconhecimento quando tudo foi esmigalhado, impele-nos a franzir a testa diante de algum indício conhecido, pregado no desastre – uma marca publicitária na cumeeira de um imóvel, por exemplo, Cinzano ou Dubonnet: Vanessa esquadrinha uma foto das ruínas do *bairro Saint-François*, tenta localizar a posição do prédio onde mora com a mãe e a irmã Virginia, exclama pondo o indicador sobre o papel brilhante, é aqui, é exatamente aqui. Aos poucos, daquela maneira tateante e arqueológica, os nomes vão retornando, voltam a funcionar, remexem o atoleiro: reinauguram a cartografia da cidade fantasma. Os lugares morreram, mas os nomes resistem, foi o que acabamos por escrever, orgulhosas da fórmula, ainda que para os humanos e os animais a coisa continuasse não funcionando, pois muitas vezes o nome havia morrido com eles.

Agora me lembro de que a última parte da nossa exposição dizia respeito às vítimas dos bombardeios, seres sobre os quais não se soubera dizer muita coisa após a guerra, que não se tinha sabido integrar na memória nacional: eram os efeitos colaterais da libertação do país, vítimas do acaso, do destino, pessoas que estavam no lugar errado na hora errada, enquanto os autores dos bombardeios eram também os libertadores, se bem que aqueles mortos estragavam um pouco a festa, desorquestravam a celebração do país reunificado, e os havreses, prostrados num trauma coletivo, não tinham de fato ânimo para dançar: choravam seus mortos e preparavam-se para viver os dez anos seguintes num canteiro de obras monumental, realojados em barracas provisórias, com os pés na lama.

Vanessa e eu tínhamos avançado tateando nos dados dos arquivos municipais, da imprensa ou dos registros civis, mas nunca tínhamos manuseado tais documentos, e, embora possa parecer trivial copiar um número e transcrevê-lo numa coluna, a coisa não era tão simples. Seria preciso registrar apenas os mortos? Somar os desaparecidos? Separar os dois dados? Levar em conta os feridos ou profundamente traumatizados que morreriam depois? E que limite poríamos nesse "depois"? Aqueles que se suicidavam dez, vinte, trinta anos depois por nunca terem se recuperado de ouvir a irmãzinha pedir socorro sob os escombros ou de encontrar sua casa pulverizada com tudo o que havia dentro e acabavam por se atirar da ponte de Tancarville com pedras nos bolsos; esses deveriam ser contados também? Já não sabíamos o que fazer. A categoria "desaparecidos", principalmente, dava muito o que pensar – um desaparecido é alguém que se encontra entre a morte e a vida, mas onde? Englobava aqueles cujo corpo tinha sido encontrado, mas não pudera ser identificado? Aquele que tivera a cabeça esmagada por uma viga, aquela que tinha sido aniquilada por uma explosão, os que tinham sido queimados vivos? Ou era mais semelhante à dos mortos no mar, cujos corpos nunca são encontrados? Orgulhosas por apresentarmos um número cravado, contamos 2.149 vítimas, quando poderíamos ter nos contentado com um "cerca de 2.000". Apesar de tudo, essa contagem tivera seus limites, pois alguns indivíduos não puderam figurar entre os desaparecidos porque não havia ninguém que os procurasse e indicasse seu sumiço, como aqueles trabalhadores coloniais que, mortos longe dos familiares, não foram contabilizados.

Eu ouvia o som dos passos de Virginia indo e vindo no andar de cima, tinha fechado *Outono alemão*, tangenciava outros lugares, lembrando-me agora de uma foto antiga, ou melhor, de sua reprodução emoldurada como uma obra de arte numa parede da casa para a qual tínhamos nos mudado quando eu estava no liceu, uma imagem cinzenta, como costumam ser esses documentos quando ampliados: uma rua no início do século passado, uma ladeira com ligeira curva, o sol desenha sombras no chão, alguns indivíduos em trajes da época andam por ela, semelhantes a aparições, e tudo está morto hoje, tudo desapareceu, exceto uma casa, de pé, nítida e inalterada, único ponto de contato no tempo entre o Havre da Belle Époque e a cidade reconstruída após a guerra, o único lugar da imagem por onde o século XX transcorreu inteiro, única eclusa naquele rio, e meu quarto lá dentro.

As chaves do carro deslizaram sobre o balcão quando Virginia desceu, ela as apanhou e me perguntou à queima-roupa se eu ainda tinha ligações aqui, no Havre, agora que eu usava aqueles casacões de parisiense. Ela aquecia os ombros sob a lã xadrez de um velho clã escocês e zombava, loiríssima, com a covinha marota. Respondi no mesmo tom que não, que não punha os pés aqui havia décadas, não conhecia mais ninguém, e foi ela quem pronunciou a palavra que eu mantinha à distância desde o passeio no dique: nem alguns fantasmas? Eu tinha vestido minhas roupas secas, calçado minhas botas endurecidas sob o aquecedor – sensação de papelão – e sentei-me de frente para ela no bar: um sujeito morreu na praia, três dias atrás, na parte de baixo do dique Norte, ficou sabendo? Ela se imobilizou: fiquei, sim, ali em frente, disseram que estava ligado ao narcotráfico, a polícia passou ontem. Você conhece? Fechei a cara: quem? Ela reiterou: o sujeito que encontraram, você conhece? Seus olhos de laca japonesa tinham uma claridade brilhante e uniforme. Três vezes hoje que me dirigem essa pergunta.

Quis deixar com ela o meu cartão de visita, aquele que Blaise fez de acordo com as regras da arte – segundo ele, velho instrumento de sociabilidade, que combina os dados sociais de um indivíduo, mas também seu temperamento estético, diz coisa diferente de um perfil digital, de um contato de iPhone ou um código QR que se escaneia e passa a integrar no mesmo instante a memória de um celular: é o rastro físico de um encontro. Guardo alguns na carteira, cartões de atores desconhecidos, cineastas e engenheiros de som, cartões de "vozes" com as quais colaboro, cartões que intercambiamos no final da pós-sincronização, rindo daquele ritual japonês, antiquado, na contracorrente da era digital. Entre eles, está aquele de minhas estreias, quando gravava os primeiros audiolivros com Herminée e fazia as primeiras dublagens – na época eu era a voz de uma raposa de olhos cor-de-rosa que se envolvia com um lobo, numa relação interespécies belíssima, num amor que os opunha a ferozes aldeões, mas acabava por triunfar: transmitido às sete da manhã de domingo num canal de tevê a cabo, aquele desenho animado eslovaco era o aliado de milhares de pais que voltavam a se deitar imediatamente após ligarem o televisor e entregarem uma mamadeira morninha ao pequerrucho hipnotizado pelas imagens.

Às vezes, revisito aquela espécie de baralho, e os nomes desfilam, mas nem sempre consigo associá-los a um rosto, um estúdio, uma criação, e aqueles que já não me dizem nada, aqueles que estão, digamos, "mortos e enterrados", sem uso, mudam então de consistência, metamorfoseiam-se, adquirem a materialidade estranha dos nomes fictícios e passam a soar como pseudônimos presentes em documentos falsos e perfeitamente elaborados de agentes duplos, nomes pescados no grande estoque de sobrenomes livres, e contêm margem e ar suficientes entre as letras e ao redor dos números para que ali se insinuem os detalhes de uma vida, uma cor, um sotaque, certa maneira de se pentear, de beijar ou de beber. Aqueles que existem antes dos corpos. Virginia revirou meu cartão entre os dedos e trocamos beijos na porta do bar, meus lábios na maçã do rosto dela, enquanto eu tocava no fundo do bolso aquele outro cartãozinho oficial dado pelo tenente Olivier Zambra.

a andorinha

Fui eu que liguei. Ele atendeu no primeiro toque, parecia até que estava esperando minha ligação, e, na hora, tive medo de parecer duvidosa, de estar botando mais lenha na fogueira das suspeitas, pensei em dar para trás, alegar engano, uma ligação besta, mas o jovem tenente estava calmo, conciso: estou ouvindo. Ainda estou no Havre, não peguei o trem de volta, foi tudo o que consegui dizer, meu olhar flutuava nas paredes daquela pequena passagem do centro da cidade onde eu tinha me abrigado de um tremendo aguaceiro, enquanto ele insistia, com voz firme: há novos elementos que gostaria de trazer para a investigação? Apoiei a cabeça na parede de concreto que tinha aquele cheiro adocicado de salitre e bolor, sussurrei que não sabia, que estava embananada, palavras imprudentes que nos ataram imediatamente um ao outro, pois meu silêncio certamente ocultava informações necessárias à identificação do desconhecido, dados que talvez eu mesma ignorasse saber, e ele prendia a respiração, aguardava o que eu não dizia, uma confidência, um detalhe que reconfiguraria sua abordagem do caso, mas nada saía da minha boca marmorizada.

Eu disse que queria ver o corpo, saiu sem querer, e fiquei perturbada por dizer aquilo daquele jeito – quero ver o corpo –, tive a sensação de estar à beira daqueles diálogos de ficção que gravo. Mas Zambra não ouviu a frase dessa maneira, pareceu refletir e depois propôs que o acompanhasse ao Instituto Médico-Legal, ele tinha uma reunião marcada lá às cinco da tarde, a autópsia tinha sido feita no dia anterior, é em Rouen, vamos juntos – ideia estranha, de qualquer forma, ideia que não se parecia com ele, ou melhor, que não se parecia com a imagem que eu tinha daquele jovem rude e escrupuloso, que respeitava os procedimentos e articulava um pouco demais as sílabas, mas eu estava empolgada, desisti outra vez do trem para Paris, e, no instante seguinte, um pequeno Clio preto freava a poucos metros de mim, enquanto Zambra se inclinava sobre o banco do carona para me abrir a porta por dentro.

Nunca tinha entrado num carro com um policial. Mas normalmente vocês não precisam estar em dupla? Apertei o cinto. Por um lado, aquele carro era o dele e, por outro, seu parceiro tinha saído do hospital na manhã daquele dia, aliás, íamos justamente passar pela casa dele antes de seguirmos para Rouen. Sei, disse eu, é o Vinz. Foi tanta a surpresa, que ele quase deixou o carro morrer no cruzamento: tem boa memória para nomes. O impermeável dele estava abotoado até às orelhas, e o gorro tinha gotas de chuva. Um saco plástico azul-elétrico dançava junto a meus pés. Caranguejos-aranha. Para o Vinz.

Na rua d'Étretat, pouco tráfego de automóveis, e sem transição, ou melhor, como se já estivéssemos em pleno assunto, anunciei que a moça do Channel quase tinha reconhecido o homem da praia, lutei com o cinto para lhe mostrar o retrato falado e acabei desdobrando sobre a coxa aquele papel que eu agora carregava no bolso interno do casaco. Tinha a sensação de estar contribuindo para o progresso da investigação, mas ele se empertigou. Não ia eu lhe ensinar o serviço. A moça do Channel lhe garantira exatamente o contrário quando a interrogara, as fotos a tinham deixado indiferente: é preciso ter muito cuidado, *quase reconhecido* não é bom para nós. Prendi-me àquele *nós* que desregulava sua frase. Zambra falava comigo de um modo diferente, como se desde aquela manhã algo nele tivesse se desencaixado, já estava longe daquele linguajar regulamentar que tinha adotado ao entrar na polícia: não se dirigia a mim como a uma testemunha potencial, como a uma mulher mais ou menos envolvida num caso criminal, mas como a uma espécie de colega de equipe, e a ideia de que ele talvez não estivesse em serviço, mas numa escapada paralela para identificar o morto do dique Norte antes de outro departamento – o dos Narcóticos, por exemplo – pegar o caso e acelerar o movimento, e que isso incluía me botar dentro do seu carango particular sem mais burocracias, enfim, essa ideia se impôs em mim, mas não achei jeito de lhe fazer francamente a pergunta.

Ele voltou a falar com voz falsamente despreocupada – mau ator, aliás: falei de novo com o Patrice Hauchecorne há uma hora, quis tirar um tempo para ouvi-lo. Quem é esse? Virei-me para ele, descobrindo seu perfil, nariz longo e baixo, pomo de adão proeminente, como se fosse outro nariz brotando na garganta. Patrice Hauchecorne, o cara que achou o corpo, o da escavadeira, aquele que estava limpando a praia na manhã de 16 de novembro. Seus dedos tamborilavam suavemente no volante: a senhora foi falar com ele hoje de manhã, até lhe deu a entender que é da polícia, nunca faça isso, é crime. Eu me esquivei da bronca – eu me fazer passar por alguém que não era, essa é boa!

Aos meus pés, os caranguejos-aranha agonizavam no saco, com suas longas patas coral delicadamente entrelaçadas umas nas outras, a superfície era elevada por redemoinhos, agitada por turbulências imprevisíveis, em tudo semelhantes às minhas, e eu desviava as pernas em direção à porta para não tocar nele. O seu colega vai conseguir cozinhá-las? Zambra respondeu que Vinz estava de cama, mas a mãe estava com ele, ela se encarregaria do cozimento – um caldeirão cheio de água, um buquê de ervas aromáticas, uma pitada de sal grosso, tampar, deixar ferver, depois mergulhar os caranguejos-aranha, dobrar as patas delas e submergi-las durante vinte minutos. Vinz adora, vamos lhe fazer uma surpresa. Da próxima vez, você põe antes no congelador para elas dormirem, ouvi-me dizer, tratando-o por você, sem que ele reagisse.

Só no fim, quando Zambra desligou o motor, percebi que tínhamos subido a falésia, que estávamos na estrada do Cap, então me crispei, enquanto meu coração disparava. O jovem tenente apanhou o saco plástico aos meus pés, disse-me que não demoraria e, no instante seguinte, eu o vi pelo para-brisa limpando os pés vagarosamente num capacho, antes de desaparecer numa casinha revestida de madeira pintada de castanho. Comecei a esperar, o silêncio dentro do carro estourava meus tímpanos – silêncio suficientemente puro para abrigar uma tempestade –, então, sem pensar, saí do carro, batendo a porta, e subi pela calçada uns cem metros até a entrada do Ponant e, quando me vi diante daqueles grandes destroços de pedra encalhados no planalto, diante daquela arquitetura abandonada que agora ameaçava virar ruína, percebi que estava acabado, que ninguém mais voltaria ali, exceto os demolidores, os comerciantes de entulho, os motoristas de caçambas e alguns agentes imobiliários com pressa de dar fim à Escola de Hidrografia do Ponant para lotear o terreno e construir residências cujas vidraças ofereceriam uma vista sem obstáculos para o estuário.

Deixei o casaco ao pé do portão fechado com corrente pesada e entrei no pátio pelos vãos abertos pelo vento entre os arbustos. Todos os vãos, as portas, as janelas e os mínimos respiradouros estavam fechados com cadeados. Pendurei-me em trancas, puxei fechaduras, sacudi maçanetas, tentei entrar dando um empurrão com o ombro numa porta de madeira, mas de nada adiantou pegar impulso e bater, só consegui me machucar, e ela não cedeu. Percorri a fachada externa, a laje onde Craven desmontava sua Ducati Desmo nos fins de semana, o mato alto molhava de novo meu jeans na altura das panturrilhas – pra valer! –, procurei brechas para entrar, orientei-me, teleguiada pela minha história; segui a parede do edifício técnico, a área das turbinas e dos condutos, onde tinha sido restaurada uma sala de máquinas, uma central experimental para testar motores, colei-me aos vidros cobertos de poeira e excrementos de todo tipo e tentei ver se as máquinas ainda estavam lá, se ainda existia a oficina de metalurgia onde eram fabricadas peças pequenas, mas só vi na penumbra um amontoado de carcaças, continuei a rodear e, chegando à frente da entrada principal, topei com grades e cartazes de obras, *entrada proibida, zona perigosa, risco de queda.*

O dia declinava, uma luminosidade ambígua desbotava a fachada, e recuei, erguendo os olhos para os andares do internato, tentando encontrar a janela atrás da qual passei uma noite, uma só, há muito tempo. Contei os vãos, persianas desmanteladas tapavam uma delas, e eu conseguia distinguir os nós de bolina nos cordões. Lembrava-me dos detalhes. O esmalte lascado da pia, as bússolas, os cinzeiros, e depois a cama, estreita, onde fiquei deitada de lado sem dormir, de frente para ele, deitado também de lado, mas adormecido, seu hálito quente banhando meu rosto. Eu ouvia as ondas rolando na base da falésia, uma delas levantou-se entre todas, eu a senti vindo, de uma forma muito bonita, orlada, rugosa, atritou a rocha, varreu dias e anos, a grande escavação, e expulsou-me para a estrada do Cap trinta anos antes, apressando o passo com aquelas calças vermelhas arregaçadas nos tornozelos.

É um sábado de junho, contei uma lorota para passar a noite fora, montei a maior cascata, refinei minha mentira: um baby-sitting, na rua Chef-Mécanicien--Prigent, duas crianças de nove e seis anos, meninos, os pais querem voltar tarde e me pedem para dormir lá, anuncio isso à minha mãe que está lendo na sacada, de óculos escuros e jeans modelo pescador, o sol é um disco branco, ela nunca ouviu o sobrenome daquela família e talvez precise me levar, eu balanço a cabeça, vou a pé, minha mãe tira os óculos devagar e, com uma das hastes na boca, olha-me no fundo dos olhos, não se deite muito tarde, sua voz paira durante muito tempo no ar quente, entorpecido, acho que ela está com um jeito esquisito, o sorriso enigmático dela deveria me incentivar a ter cuidado, mas mantenho o sangue-frio, dou-lhe um beijo na bochecha e, lá fora, virando a esquina, sinto a onda voltar às minhas pernas, dolorida e prazerosa, a onda que acelera meus passos, o encontro foi marcado no Ponant, é preciso subir ao planalto de Hève, depois é ir reto para o oeste, e, quanto mais me aproximo, mais a onda insiste, pressiona meu esterno, eu projeto o tronco bem para a frente, o ar se estrutura ao meu redor, é ele que me teletransporta, minha camiseta se cola aos quadris, não tenho absoluta certeza de estar apaixonada por aquele rapaz, é muito mais que isso, não sei dar nome à onda, ando com firmeza, minhas sandálias batem no asfalto, e o som que o chão me devolve é a prova de que tudo o que está acontecendo é bem real, de que aquele encontro é real, de que aquele rapaz é real, ainda mais porque já não tenho tanta certeza de que a cena do bilhar seja real, tão milagrosa tinha sido, tão mágica tinha sido, eclodindo na sala dos fundos de um café da rua Georges-Braque, para onde os rapazes do Ponant desciam à noite em bandos, bilhar que se tornara o epicentro da cidade, jogadores alinhados no fundo, contra as paredes, alguns sentados com uma coxa só em cadeiras altas de assentos de pátina, luzidios, a maioria de costas para o jogo, falando em voz baixa, como se estivessem em outro lugar, nem sequer interessados, mas, se um agito de admiração ondulasse pela sala, eles admitiam sair da penumbra, rostos plasmados sob as lâmpadas, e o olhar deles tomava conhecimento dos poderes da geometria, estimavam velocidades, avaliavam a força dos impactos e os ângulos possíveis, previam as estratégias que poderiam projetá-los cinco ou seis tacadas depois, então ele acabava aparecendo, Craven, unhas pretas, olhos pretos, cabelo preto, Craven surgido do claro-escuro, e todos o observavam encadear as tacadas, calmamente, no seu ritmo, gingando em volta da mesa sem nunca desviar o olhar do feltro iridescente sob as luminárias baixas, aquele verde que agredia nossos olhos, mas para ele era amistoso, ele tomava posse do jogo, seus jeans roçavam a borda do caixilho, dando uma tacada após outra, às vezes quase de bruços na mesa, queixo levantado, cotovelo dobrado para trás em ângulo reto, o taco deslizando várias vezes sobre sua mão espalmada, entre o médio e o indicador, às vezes na ponta dos pés, ajustando uma tacada vertical que fizesse a bola saltar sem rasgar o pano, os jogadores juntando-se gradualmente à partida, a gente ia espiar, o ajuntamento era grande, mas o silêncio era tal que dava para ouvir quem inalava e deglutia, enquanto pequenas cosmogonias se reconfiguravam sobre o feltro, amiudando-se progressivamente, as bolas caindo uma a uma nas caçapas como caem os planetas nas profundezas do cosmos, a gente as ouvia rolar no interior da mesa maciça de pés pesados e contornos grosseiros, faziam toda a estrutura ressoar, enquanto na superfície outras esferas de resina rodopiavam em direção aos vazios como se conhecessem a trajetória, decidiam conscientemente ir por conta própria, e depois, aquele segundo em que ele se vira para mim e me propõe que faça a última jogada, entro na luz, ofuscada, a tacada é fácil, tão fácil que os espectadores já estão se retirando, afastando-se em direção ao bar, eu deito metade do corpo na mesa, ajusto e bato a última bola, golpe seco, choque puro, um clique, e sou eu que concretizo o aniquilamento final.

A estrada do Cap é reta, é sonora, as carroçarias dos carros brilham, as sombras são francas, luz chapada, ofuscante, persianas baixadas nas janelas das casas, o mundo à minha volta parece uma pintura americana, um cenário de filme, é um sábado no início dos anos noventa, junho, a cidade está dopada às minhas costas, a Mancha é azulada, iridescente, meu pai está em algum lugar num dos navios que transitam pelo canal, ele certamente desconfia desse mar calmo demais, suspeito também por ser tão comportado, e bonito, vai voltar à noite, estará exausto e subirá para dormir, um carro virá buscá-lo de madrugada, a VHF vai cuspir a linguagem codificada que anuncia uma partida iminente, e minha mãe terá terminado seu livro, mentir foi fácil, mas a estrada do Cap é estreita, é um desfiladeiro, uma garganta, um canal arriscado, e no final está o Ponant, eu o avisto sentado nos degraus, sinto alívio por ter escolhido este jeans papoula e esta camiseta branca, a onda fica mais veloz, é agitada e leve, Craven me beija na boca, suas mãos no meu rosto cheiram a aguarrás, e nos poros de sua pele se incrusta óleo combustível misturado à gasolina, ele me pergunta à queima-roupa se sei guardar segredo, nesse instante aparece um sujeito da oitava série, com um pulôver pêssego amarrado sobre os ombros, sapatos de ponta fina, um lenço enfiado na gola da camisa de algodão *oxford*, esta cidade é o cu do mundo, declara ele, vou embora para Deauville. Eu respondo que prefiro o cu do mundo, Craven dá risada, a onda, alta, me ergue do chão, ele pega minha mão e entramos no Ponant, subimos os andares, estamos em seu quarto, o colega de dormitório está fora durante o fim de semana, o aposento é nosso, é amplo, incrível como é luminoso, uma claridade ofuscante, e em breve estamos descalços. Ele foi contratado por um estaleiro em Montreal, estágio de quatro meses, partida em setembro, irá de navio, lá festejará seus vinte e dois anos, estilo americano, sobre a mesa de cavalete se espalham cartas náuticas, são de um azul-claro e percorridas por finas linhas pretas, linhas contínuas ou pontilhadas, que designam águas territoriais e rotas marítimas, ele se inclina para me mostrar o trajeto do navio-tanque de dimensões delicadas que o levará até lá, três mil toneladas e noventa metros de comprimento, capacidade de três milhões de litros, modesto, mas marinho, daqueles que sabem enfrentar o mar, nossas cabeças se inclinam, a voz dele se modifica, e a polpa do seu indicador desliza sobre a grande folha que contém o oceano, zarpar de Sète, transpor Gibraltar, atravessar o Atlântico, rumar para o norte, cruzar ao sul de Saint--Pierre-et-Miquelon, passar o estreito de Cabot, alcançar o golfo de São Lourenço e subir o rio até Montreal, eu escuto, sigo seu caminho sobre as águas, o grande mapa é calmo e sereno, nossas respirações se misturam na superfície, as partículas do ar se agregam à nossa volta, formam uma ilha amorosa, um espaço intransponível de ficar juntos, nós nos beijamos já na primeira noite, nos tocamos, nos acariciamos, ligamos um ao outro de cabines telefônicas, dissemos um ao outro pensei em você, dissemos um ao outro quero te ver novamente, quando nos encontramos? O que está fazendo? Mas não dissemos um ao outro eu te amo, a frase proibida, o tabu do diálogo amoroso, a chupeta dos casaizinhos infantis, aqueles dos quais nos distinguimos, aliás, não pronunciar essa frase nos torna mais fortes e mais livres, nosso sentimento não está a reboque de tal declaração, ele é concreto como uma pedra, real como a proa que fende a água. É confiável. O mapa é ligeiramente acetinado sob o sol que jorra pela janela, Craven destampa uma cerveja, e o gargalo da garrafa vai passando da minha boca à dele, depois esquecemos aquela interface amarga, e nossos lábios se colam, abrandam-se, umedecidos, eu tiro a camiseta dele, ele tira a minha, nossos braços se descruzam em direção ao teto, estamos de peito nu, somos iguais, há apalpações, atordoamento e desejo, o chão de cimento é duro contra meu sacro, sob minhas escápulas, na parte de trás de meu crânio, daí a pouco nossos jeans são amontoados de qualquer jeito, as persianas são baixadas, e nós estamos nus na cama pequena, um pouco como numa barca, tigrados de sombra e sol, examinamo-nos, a mancha de café que tenho sob o seio esquerdo, as três pintas formando um triângulo isósceles que ele tem na dobra do cotovelo, aí vem a noite, subimos ao telhado do Ponant com pão e manteiga e vinho de cantina, luz de cianótipo, nunca vi um céu tão nítido, tão legível, estrelas firmes, dispostas como num desfile, nada pode rivalizar com a confiabilidade da navegação astronômica, é factual e matemática, nós nos deitamos de novo no chão, tentamos identificar as constelações, frigideiras e outros habitantes do zodíaco, *in vino veritas*, o vinho escorre pelo nosso queixo, Craven, menos sabido quando tem os olhos orientados para a abóbada celeste do que baixados para os alinhamentos de uma mesa de bilhar, e eu, conturbada demais para decifrar o que vejo, emocionada demais para localizar a Estrela Polar, preocupada com o que não me dá tempo de pensar, lembro-me da mentira inventada para minha mãe, ao passo que tenho certeza de estar imersa na verdade, a verdade cósmica, a verdade dos sentimentos. Não se atreva a desaparecer, eu saberei te encontrar, é o que lhe digo, impensadamente.

O que me impressionou quando voltei para a estrada do Cap não foi tanto o dia descolorido, mas o volume sonoro, o barulho dos elementos. Era como se eu estivesse saindo de uma câmara anecoica e reencontrando o exterior após longa reclusão. As luzes do Havre formavam borbulhas sob a fumaça da refinaria, *Le Cotentin* saía do canal, e Zambra diante da grade, com meu casaco nos braços.

Primeiro eu quis saber o que tinha acontecido a Vinz, e Zambra, que não poderia ser mais sucinto, pronunciou apenas uma palavra: narcotráfico. Dirigia devagar, com os ombros caídos, mastigando um fósforo. Não lê os jornais? Abarcou o estuário com um olhar amplo enquanto descíamos o bulevar marítimo: olhe a enseada.

Fazia anos que eu contemplava o Havre a distância, cidade escondida num pós-mundo como um palácio na névoa, e, no entanto, eu não tinha ficado imune às investigações que descreviam o processo pelo qual o porto se tornara uma das principais portas de entrada da cocaína na Europa, nem às reportagens que detalhavam o *modus operandi* dos traficantes, tentavam descobrir cumplicidades ou captar a *omertà* nos cais – eu ficava impressionada com aqueles documentários de imersão, com seu quinhão de vozes dramáticas em off, imagens desfocadas e câmeras escondidas que sabiam tocar a corda sensacionalista; e ver o nome da cidade surgir num artigo, às vezes o nome completo, Le Havre de Grâce, sempre desencadeava em mim um abalo invisível, uma agitação tênue, fugaz, que se desvanecia não sem antes marcar minha pele com um beliscão. Mas, sentada no carro ao lado de Zambra, abolida a distância, eu estava envolvida na coisa, estava imiscuída em tudo aquilo e queria saber.

Virei-me para o alto-mar. Sete navios dividiam a enseada, cinco dos quais, efetivamente, eram porta-contêineres, aqui a linha do horizonte se decifra como um repertório de embarcações, um catálogo no qual tínhamos aprendido a identificar modelos com base em perfil na água, forma, cor, mais ou menos como outras crianças aprendem a reconhecer árvores: se houver azul nas chaminés, o navio será grego, se o casco do cargueiro for vermelho, é que está *em lastro*, ou seja, sem carga, com uma parte da quilha visível, que frequentemente é revestida de tinta anti-incrustações cor de tijolo. Mas os porta-contêineres, por sua vez, não têm perfil de navio, é outra coisa, outra coisa que flutua. Um perfil que não se parece com nada, um perfil de caixa de sapatos. No entanto, não andam incógnitos e apresentam uma identidade: as companhias marítimas usam seu casco como um banner publicitário, pintando seu nome em letras visíveis a mais de três milhas náuticas – Evergreen, Maersk, CMA CGM –, e seu porto de origem acompanha o número de matrícula na popa. Frequentemente, nomes esquisitos de portos, ao mesmo tempo desconhecidos e míticos, nomes que poucos de nós sabem situar, relacionar a um país ou a um continente, mas que piscam como botões luminosos no planisfério do capitalismo globalizado, estabelecem outros esquemas de trajetórias e trocas, uma geografia de circuitos obscuros no verso dos parlamentos com frontões de mármore. Nassau/Bahamas, Monróvia/Libéria, Port-aux-Français/Ilhas Kerguelen. Caixas grandes de caixas pequenas. Aliás, quando não são chamados por seu nome de batismo, são designados por sua capacidade de carga, diz-se "um dez mil contêineres", "um quinze mil contêineres", sabendo-se que os maiores carregam mais de vinte mil em quatrocentos metros de comprimento por sessenta de largura – proporções que provocam comparações previsíveis com estádios de futebol ou torres Eiffel. Algumas dessas embarcações já nem têm convés e parecem carrinhos de supermercado, simples recipientes, em que a altura da carga é uma espécie de paredão de montanha, e o porão é enchido de acordo com o peso dos contêineres e os portos de destino. Três milhões de contêineres transitam anualmente no porto do Havre, essa é a questão.

Saímos da cidade pelo bassin du Commerce e contornamos o retroporto, depois de ultrapassarmos a estação. Zambra tinha acionado o GPS, achei que ele não era daqui, que teria adquirido o sotaque da cidade ao se fundir com a população, mais ou menos como os pássaros adaptam sua plumagem às estações e aos acasalamentos. Ao norte, centenas de casinhas e alguns blocos longitudinais de edifícios se escalonavam na encosta, Caucriauville, Soquence, Graville, os nomes dos bairros apareciam no mapa luminoso embutido atrás do volante e depois mergulhavam de novo sob a superfície da tela. Bulevar Winston-Churchill. Bulevar de Leningrad. Uma sequência de galpões gigantescos e estacionamentos desertos, fábricas desativadas com frontões de pedra, áreas de estocagem, armazéns protegidos e escritórios inativos, pequenas oficinas também, postos de gasolina, eu avistava ao longe filas de caminhões ao longo de alambrados altos, mas nenhuma silhueta humana, a área era opaca, heterogênea, e de repente, num piscar de olhos, todo o espaço se organizou em torno das duas chaminés da central térmica, como se elas fossem o epicentro, o núcleo inicial, e procurei com o olhar os grandes reservatórios situados ao longo dos terminais petrolíferos.

E, com Vinz, voltei ao assunto, o que aconteceu? Zambra não falou antes de sairmos da cidade, tinha encurtado bastante seu pequeno fósforo e olhava constantemente para o retrovisor central – como se, enquanto estivéssemos no território do Havre, sua região de serviço, ele não pudesse falar. No começo, a coisa saiu em conta-gotas, frases curtas, e eu penava para entender a sequência: Vinz tinha levado um tiro na clavícula durante um controle de rotina que correu mal, o tiroteio tinha ocorrido à luz do dia, naquela mesma rodovia de quatro pistas, na altura da rua Nicolas-Viallard, o carro dos traficantes tinha demonstrado falsa intenção, depois furou o bloqueio, o vidro traseiro abaixado no último momento, o cano do fuzil ajustado, Vinz na mira. Cena assombrosa, que eu podia ver nas redes sociais, se quisesse, depois ele acrescentou distintamente *uma cena de filme*, como se a realidade tivesse se embaralhado durante o ataque, cintilado de repente, escorregado para a outra vertente do mundo, mas o que ele me descrevia era uma violência bem real, que não tinha nada de videogame, homens armados com fuzis de assalto de verdade, armas eficazes e de fácil acesso, que agora circulavam em massa e eram compradas por menos de dois mil euros nos arredores de Paris – Glock e Kalashnikov. Mas a cinegenia prodigiosa do Havre, a cena captada pelo olhar na escala de uma cidade inteira associada à estética específica de um porto industrial, toda essa energia gráfica produzia pleno efeito, estimulava as imaginações.

Na realidade, para que eu entendesse o que tinha acontecido a Vinz – e Zambra parecia dar importância a isso –, era preciso ver as coisas concretamente. E começar por entender o que tinha acontecido no porto, metamorfoseado pela rápida expansão do tráfego com contêineres numa fábrica colossal de dez mil hectares, numa área de atividade onde se movimentavam, sem pausa, pequenas transpaleteiras, carros manuseadores de contêineres, movimentadores que os empilham e deslocam, onde se erguiam pórticos rolantes que podiam atingir quarenta metros de altura e gruas portuárias gigantes que deslizavam ao longo dos cais, às vezes sobre trilhos, mais dois mil e quinhentos homens para fazer tudo isso funcionar.

Vista do céu, aquela área de manutenção e estocagem, concebida para acolher e facilitar as operações de carga, racionalizar os custos e administrar bem o tempo, assemelhava-se a um *playground*, e os contêineres, a Legos multicoloridos, movimentados dia e noite. Mas o jogo que ocorria no chão não tinha nada de infantil: o uso do contêiner, que havia revolucionado as modalidades do comércio global, transformara o da droga. O narcotráfico encontrou nele um instrumento ideal: um paralelepípedo simples de aço, com dimensões padronizadas, um piso e uma porta de duas folhas, que, depois de descarregado e alinhado entre vários contêineres, não se distinguia dos outros. Acabaram-se as mulas aerotransportadas; a cocaína agora é exportada em quantidades enormes, uns sujeitos violentos enfiam os tijolos compactados em grandes bolsas esportivas e as escondem em poucos segundos dentro de um contêiner de mercadorias lícitas – aspiradores, bananas, tênis. Contaminado antes da partida, fechado com um lacre falsificado e obtido por menos de mil euros, o contêiner é posto a bordo de uma embarcação que, na maioria das vezes, sai de um porto da América Latina. Mas, chegando ao Havre, a situação se complica:

extrair a droga do contêiner, tirá-la do terminal e transportá-la para a região de Paris, francamente, são outros quinhentos. Os terminais portuários estão sob forte vigilância, com câmeras assestadas nos pórticos rolantes, toda e qualquer movimentação requer uma etiqueta, os controles aduaneiros ocorrem de forma inesperada, com malinois nervosos farejando caixas suspeitas. É preciso ser rápido, como um comando, agir com precisão, e para isso encontrar cúmplices nos trabalhadores do porto, corromper ou ameaçar, muitas vezes ambas as coisas. Os estivadores controlam os cais, em tudo isso estão na linha de frente e são vulneráveis. Os caras que atiraram em Vinz eram desconhecidos na área, provavelmente novos soldadinhos enviados como reforço dos arredores de Paris; não tinham hesitado em abrir fogo e talvez eles mesmos corriam o risco de morrer se não recuperassem a carga. Todos estavam sob pressão, e Zambra, que não trabalhava nem na alfândega nem na repressão ao narcotráfico, também estava: o que acontece no porto afeta a cidade inteira.

Pouco depois do estádio Océane, a estrada se dividiu sem aviso prévio, terminando num entroncamento rodoviário, volteio do qual ela escapou mais retilínea do que nunca, e o carro começou a se deformar, a desenvolver sua outra função, que já não é transportar pessoas, mas sentá-las juntas e fazê-las falar, e os bancos da frente, para isso, passam a ter um poder superior ao dos de trás, pois então a palavra se dissocia do olhar e sai sozinha, sem cabresto, dependente apenas de si mesma, segue a estrada de modo completamente diferente, quer escapando pelo vidro ou se chocando contra o para-brisa e voltando amplificada. Zambra fechou a tela digital, que ronronou antes de se retrair nas profundezas do painel de instrumentos, estávamos a caminho, a cidade atrás, e foi então que ele mencionou Neiges, pronunciou o nome daquele bairro cuja existência não é desconhecida de nenhum habitante do Havre, mas onde tão poucos deles já puseram os pés.

Na véspera, ele tinha ido ao Balto, o bar da rua Chantiers, com as fotos do homem do dique Norte num envelope. Todo mundo se conhece em Neiges, é uma comunidade, ele apostava nisso para cavar alguma coisa, alguma informação. Não devia ter ido sozinho, foi uma grande besteira, mas Vinz não voltaria tão logo nem seria substituído em breve, e aquele cadáver desconhecido, aquele corpo sem identidade, avulso, começava a lhe esquentar a cabeça. De Neiges, daquele enclave de algumas ruas cortadas no coração do porto, entre os terminais de contêineres e a área industrial, daquela ilha cercada por bacias e guardada por eclusas, ele conhecia pouco mais do que a lenda, viva, de ser antigo feudo dos estivadores, bairro mítico que tinha sofrido a mutação do porto – a terraplanagem para receber os contêineres apaga a favela do bairro Bricard, o fechamento dos estaleiros esvazia os pequenos comércios, o avanço contínuo e cada vez mais determinado do porto sobre o estuário industrializa todo o setor e aumenta o volume dos contêineres. Os habitantes de Neiges, mil e oitocentas pessoas, moravam, portanto, à beira das grades de segurança erguidas em torno dos terminais, irredutíveis, solidários, viviam lá apesar da poluição assombrosa, dos caminhões pesados que passavam a toda a velocidade ao longo das cercas intransponíveis, apesar também de o comércio ter sido fechado: ali só havia uma padaria, uma mercearia e aquele bar, portanto, o Balto.

Claro que ele tinha previsto a hostilidade reservada aos policiais que saem fuxicando, que esperava olhares ameaçadores e carrancas desafiadoras, mandíbulas cerradas, não era ingênuo, tudo isso fazia parte do pacote, mas, mesmo assim, não tinha imaginado que não conseguiria nada além de monossílabos negativos ao apresentar no balcão sua identificação de policial acompanhada da foto, nada, nem uma palavra a mais, nem oi nem merda nenhuma, nem sequer um olhar que demorasse mais de alguns segundos, apenas o lábio inferior montando no superior, ombros se movendo e costas se virando. Na padaria, tinha acreditado ver o olhar de uma jovem mãe pousar mais tempo na foto, sentir que ela refletia, a ponto talvez de fazer um comentário, suas íris de um azul líquido tinham pousado nas dele, mas, como que mudando de ideia, ela havia abreviado aquele momento, pegado o troco e ido embora depois de agarrar o carrinho de bebê. Mais tarde, quando voltava para o carro, um sujeito encorpado atravessou a rua correndo para interceptá-lo e ficou parado a alguns metros dele, com braços ao longo do corpo, pernas abertas, cai fora, ninguém nesta rua quer levar dois tiros na cidade, foi o que lhe lançou antes de voltar pesadamente para aquela mesma jovem e aquele mesmo carrinho. Acho que ela sabia de alguma coisa, amanhã volto lá com o Bortsch, um colega, da velha guarda, que conhece cada um pelo apelido, nunca confundiu um primo com um irmão, e descreve de cor os parentescos de Neiges em três gerações, bem como os de Mont-Gaillard e de Mare-Rouge. Mesmo assim, olhando as fotos do homem do dique Norte, o Bortsch penou, embaralhou as cartas do álbum de família mental que fazia dele uma lenda, depois resmungou não, um não pouco audível, um não que não era de bom agouro.

Afinal de contas, o nosso homem lhe diz alguma coisa? Zambra falava com voz tranquila, que eu adivinhava calculada, uma voz de fogo lento, estávamos na altura de Gonfreville-l'Orcher, a refinaria surgia da terra, indecifrável e nebulosa, à maneira de Gotham City, uma cidade atrás da cidade, baixei o vidro e inalei demoradamente, com o nariz orientado para as torres de destilação, para aquele kit Meccano de tanques de decantação, cubas, válvulas, escadas e tubulações, crivado de pontos luminosos e varrido por correntes de fumaça. O estranho fedor entrava no carro, uma mistura de hidrocarbonetos, sal e pólvora, Zambra mandou fechar, os vapores da petroquímica lhe davam dor de cabeça, depois esperou que a calma se restabelecesse para me questionar de novo, afinal por que é que eu tinha pedido para ver o corpo? É porque pensou melhor, é porque algo deve ter voltado à sua memória.

Sim, eu tinha pensado melhor. O que é que ele estava imaginando? Eu praticamente só tinha pensado naquilo desde a manhã, mas pensar naquilo havia acabado por tomar a forma de uma cidade, de um primeiro amor, a forma de um porta-contêineres. Ganhei tempo, neutra – e, creio, não muito canastrona –, e respondi simplesmente que, diante das fotos, tivera a sensação de que alguma coisa me escapava, mas que, diante do corpo, algo poderia voltar, eu apostava nessa hipótese: apanhar um fragmento para poder reconstituir um todo. Eu esperava um detalhe, um detalhe físico, concreto, e Zambra, que apanhava um novo fósforo de sua reserva da porta, respondeu: ok, sem problema. Depois fez questão de esclarecer, decerto para desencargo de consciência, em todo caso é complicado ver um cadáver, não é uma coisa qualquer, é bom saber, estou avisando.

Ao contrário do que contei, voltei uma vez ao Havre, faz dez anos, na época do batismo de *L'Hirondelle de la Manche*. Os práticos do porto tinham acabado de adquirir aquela lancha rápida e compacta e me convidaram para a cerimônia – a madrinha era eu. O e-mail do presidente da estação de praticagem apanhou-me de surpresa: perguntava como estavam minha mãe e meu irmão, depois me parabenizava pela carreira que tinha feito longe do Havre, mencionando, durante a conversa, a minha presença nos créditos de *Naruto*, desenho animado que os filhos dele adoravam – eu era então a voz francesa de Tsunade, princesa das Lesmas, personagem central da série, o que me garantira durante vários meses rendimentos estáveis e o olhar intrigado de uma Maïa de dez anos que não podia acreditar, quando via o anime, que eu estava ligada de alguma forma àquela guerreira loira de feições sumárias. Finalmente, com uma formulação delicada, perguntava se eu aceitava ser a madrinha da nova lancha de praticagem. Ficaríamos todos muito felizes. Meu pai tinha morrido treze anos antes, eu não voltara ao Havre desde que minha mãe se mudara para Paris, morando no prédio de meu irmão, e desliguei o computador sem responder.

No dia marcado, vou avançando pela beira do cais; nos meus calcanhares, Maïa de macacãozinho branco e tênis novos, sem dentes, um pequeno fauno, e colamos nossas bochechas para fazer um selfie que enviamos a Blaise, tendo o cuidado de enquadrar a lancha de praticagem atracada mais embaixo e preparada para a ocasião, enfeitada, com as amarras novas enroladas no pontão, casco vermelho-vivo, convés impecável. Linda, valente, útil. Confiável como um sentimento.

É o teu barco? Maïa se inclina acima da água, imprudente, eu a afasto da borda, segurando-a pelo ombro com um gesto brusco, e peço-lhe que espere mais um pouco, a cerimônia vai começar. Pintada na casa do leme da embarcação, a bandeira verde com âncora branca dos práticos do Havre reluz diante de meus olhos, como uma etiqueta pregada em minha memória: reproduzida em escala de selo, estava presente nos objetos da casa, estampava a agenda do telefone, os cinzeiros, os cartões de visita, decorava a orla dos pratos e o fundo das travessas, marcava as tigelas e os guardanapos: pairava por todo o nosso apartamento, desfraldando-se ao vento do Havre. Viro-me para Maïa: sim, é meu barco.

O céu está claro e leve, mas o mar está crespo, finas cristas se formam na bacia da Mancha – calculando a olho, uma intensidadezinha 3 na escala de Beaufort. Os convidados vão chegando em formação cerrada, principalmente homens, oficiais da câmara de comércio e da prefeitura, do governo do departamento, da federação dos práticos marítimos, funcionários do porto e o padre no meio deles, robusto, cabelo à escovinha, terno preto à Johnny Cash e uma estola creme nos ombros. Os próprios práticos, às vezes acompanhados das respectivas mulheres, formam o grosso da tropa, os primeiros interessados naquela joia náutica vinda de Carantec por mar e preparada para executar milhares de movimentos no canal. Estão à paisana, com gravata e sapatos de couro, descontraídos, e tenho dificuldade para imaginá-los subindo à noite por escadas de corda lançadas diretamente nos cascos dos cargueiros ou pulando, lépidos e audazes, da lancha para o portaló do petroleiro, do petroleiro para a lancha, ajustando-se às ondulações, vencendo a ressaca, mas consigo vê-los no passadiço, pálidos, fumando charutinhos asiáticos de cheiro nojento, um atrás do outro, num silêncio que dá para cortar com faca durante uma manobra difícil, consigo ouvi-los dar ordens de leme em seu inglês técnico – *steady as she goes* – quando, porém, eles são intérpretes e guias, uma espécie de *fixer*, conduzem os navios no labirinto portuário, profissão que exige conhecer a profundidade das bacias e a largura das passagens, saber dosar a velocidade e dominar a inércia das máquinas, pactuar com as correntes e as marés, com todos os marinheiros do planeta.

Os mais velhos vêm falar comigo, conheceram-me adolescente e me dão beijinhos: sabe quem eu sou? Aceno que sim com a cabeça, claro que sei – mas é um pouco mais complicado: nunca os teria reconhecido se tivesse cruzado com eles, sozinhos, numa calçada parisiense, é por vê-los aqui, reunidos no cais da Marinha, no coração de seu território, que a fisionomia deles me diz algo, é por vê-los juntos que o nome deles retorna: Lechat, Kerbellec, Madinier, Bigot, Floch. Os amigos de meu pai. Todos se apressam a me dar notícias das respectivas proles, filhos mais ou menos da minha idade com quem devo ter convivido no liceu quando morava no Havre, filhos que tiveram sucesso e às vezes também foram embora, Austrália, Holanda, Paris; depois olham para Maïa, que permanece retraída atrás de mim, eles também são avós. Um deles, tentando se lembrar do nome *Naruto*, estala os dedos várias vezes, com as sobrancelhas franzidas e uma expressão dolorosa no rosto, merda, um treco japonês, um treco pra criança, um treco que passa na televisão, me ajude. Eles andam em pequenos grupos, de olho nas iguarias arrumadas em mesas no grande galpão, também enfeitado, onde foram instalados microfones perto das taças de champanhe. A hora da cerimônia está chegando, e eles me dão um tapinha no ombro: e aí, pronta?

Sinto-me nervosa, sob pressão. Não paro de pensar no gesto que vim realizar, para o qual fiz a viagem: lançar a garrafa de champanhe, que deve se quebrar contra o casco da embarcação na primeira tentativa. Ato que não é uma coisa qualquer, não tem nada a ver com uma pantomima folclórica, mas, ao contrário, tem o peso da seriedade e da superstição – tomo consciência da atenção de que sou alvo, dos olhares de lado e dos dedos apontados para mim, que surpreendo cá ou lá, quando me viro. Um velho prático, que fala com erudição, sussurra ao meu ouvido que, diga-se o que se quiser, a garrafa de champanhe não se partiu no casco do *Costa Concordia*, encalhado em 2012 diante da ilha del Giglio. Não se pode falhar, *miss*: o navio que não provou vinho provará sangue. Minha boca está seca. Sei, por Blaise, que as garrafas agora vêm pré-serradas, com um peso de chumbo, e o lançamento é acionado por um botão, que não há o menor risco de falhar, não devo ter nenhuma preocupação, no entanto, eu teria dado tudo para treinar, ensaiar o movimento, aperfeiçoar o impulso. O truque do ritual, como se os deuses fossem bobos, os pequenos conchavos com o destino, essas eram coisas de que eu ria na véspera com Blaise, mas agora estou tensa: não conseguir espalhar o vinho no primeiro impacto e estragar o ritual fadaria a lancha de praticagem a um destino funesto e afastaria dela os ventos favoráveis.

***

Tudo o que vai ao mar é batizado. Foi com essas palavras que os discursos começaram: tudo o que vai ao mar é batizado, tudo o que vai ao mar tem um nome, põe-se sob a proteção de um nome. A assistência forma um arco em que as echarpes das mulheres criam manchas de cores vivas, distingo o bonezinho vermelho de Maïa entre os ombros cobertos por jaquetas corta-vento e seguro apertado no bolso o papel que me preparo para ler, texto curto em que optei por lembrar minha fascinação pelos microfones, pelos walkie-talkies e, mais ainda, pelo rádio VHF de meu pai, objeto intocável e sagrado que, quando no sofazinho da sala, indicava sua presença na casa, instrumento ao qual eu atribuía poderes imensos – uma chamada pelo canal 16, que conectava diretamente com o Cross, podia salvar vidas humanas em caso de perigo no mar. Começo a ler, animada, leve, em contraste com a estranha solenidade do momento, gostaria de provocar risadas, mas, quando descrevo a pesada caixa preta e compacta, sua densidade enigmática, seu pisca-piscar, suas estridências inopinadas, minha voz falha, e aproveito que uma mecha caiu sobre meu olho para recobrar o fôlego: aquele rádio é o objeto mítico de minha infância, um objeto que respirava como uma pessoa.

Depois disso, enveredamos pela passarela para chegar ao pontão, vou caminhando atrás do padre e do presidente dos práticos, enquanto um fotógrafo da imprensa local dispara sua máquina fotográfica atrás de mim. Estou de vestido azul, sandálias de tiras douradas, com joias, quero prestigiar meu barco. Tenho a impressão de que o vento aumenta, de que as brisas vêm participar da cerimônia; à minha frente, a lancha de praticagem balança. A pequena multidão veio alinhar-se à beira do cais, e, quando levanto a cabeça, vejo-a inclinada para nós como se estivesse no balcão de um teatro. O presidente dos práticos enumera as especificações técnicas – doze metros de comprimento, propulsão por dois motores, velocidade de trinta nós, carena afunilada para navegar em mares agitados –, depois recorda, emocionado, que a andorinha é o pássaro da renovação, aquele que anuncia a primavera, o reverdecimento, aquele que traz felicidade. A nossa, acrescenta pigarreando, a nossa deve o nome e as qualidades aos cúteres de casco preto e às velas brancas que, já no século passado, concorriam em velocidade no canal da Mancha até o cabo Lizard para buscar os grandes navios na saída do Atlântico e guiá-los a bom porto, aqueles barcos corajosos e cheios de audácia, barcos prestativos e vigilantes. Meus olhos deslizam pelos rostos daquelas pessoas que escutam, recolhidas, sem se impressionarem nem um segundo por sua lancha de praticagem ser dotada de qualidades humanas, por uma embarcação poder ser tratada como uma pessoa.

Seguro o vestido, que o vento infla, enquanto não tiro o olho do lugar onde está a garrafa, penso em meu pai e no seu VHF pendurado no pescoço, e, quando o padre toma a palavra, sua voz de tenor ressoa no pontão como num megafone, e ele se dirige diretamente à lancha, tratando-a por "você" – você é nossa associada e amiga, temos confiança em você, entregamos-lhe nossa vida, amamos você. O sol de junho acabou aparecendo, esbranquiçado, vaporoso, e eu estou absorvida na situação, fundida no momento, naufragada no fervor ambiente, não consigo deixar de olhar para a lancha e reconheço que também começo a nutrir um sentimento pelo meu barco. Depois, numa guinada autoritária, o padre pede a todos os marinheiros presentes que cuidem dela e, mais ainda, que a amem, pois não é apenas uma embarcação, declama, é a ligação entre os portos e o mar, entre os seres humanos e o largo. Seu rosto é rosado, as bochechas bem barbeadas reluzem como seda, e as lentes de seus óculos finos de metal estão sujas. Antes de abrir a bíblia, pede aos marinheiros que se mantenham humildes, em outras palavras, empíricos e crentes, e ordena-lhes que fiquem em seu devido lugar, servindo, no passadiço, mas de lado, dando instruções milimétricas, mas sem nunca tocar o leme, capitão por algumas horas, mas sem autoridade sobre o navio, esse é o ofício deles. Depois, dá início à parte litúrgica da cerimônia, folheia o livro, as páginas se amarrotam com a brisa, ele molha o indicador com uma língua grossa e branca para virá-las e finalmente pronuncia as palavras rituais; e, quando levanta o braço místico acima da lancha para um sinal da cruz de grande envergadura, os homens tiram o boné, e eu vejo Maïa imitando-os em câmera lenta, intrigada, com seus olhos grandes.

Avanço para o balde da garrafa de champanhe, articulo bem cada um dos meus movimentos, regular, concentrada, seguro a garrafa como um recém-nascido, no berço de meus braços, depois me posiciono, mas, quando estou prestes a lançar, com o ombro excessivamente virado, suspendo o gesto e aguardo, minha espera é suficientemente longa para criar agitação lá em cima; no cais, devem estar se perguntando o que estou aprontando, se tive um branco ou algo do gênero, porque fico bloqueada, mas me recuso a ser dominada pela impaciência que cresce, por aquela irritação na qual adivinho também a fome, o desejo de acabar com o cerimonial para ir correndinho para a comida, quero cumprir o ritual, recuo um passo e lembro-me das velhas crenças, dos ritos conjuratórios, das palavras-tabu, espreito o momento certo ou nunca, uma abertura no céu opaco, uma cintilação de grafite, algo que me sinalize ter chegado a hora de romper a continuidade, de percutir o casco de meu barco para disparar um movimento, retenho o tempo, subitamente uma fita de espuma branca vem debruar a proa da lancha, adivinho que é o momento, prendo a respiração, e todos os lançamentos possíveis se concentram no meu ato, aciono o dispositivo, a garrafa explode no impacto, os estilhaços de vidro e as bolhas de álcool pulverizadas parecem uma chuva marinha, enquanto sussurro para mim mesma: bons ventos pra você, minha andorinha.

***

Os convidados estão amontoados na frente da comida, e Maïa, que se esgueira entre eles, se empanzina sem se envergonhar, usando um guardanapo de papel como saquinho, onde criou um depósito de canapés, petit--fours e amendoins, bebendo uma coca atrás da outra. Digo-lhe que vamos embora, que está na hora de voltar, não se afaste. Alguns práticos vêm falar comigo: você se saiu bem. Querem brindar uma última vez – à *L'Hirondelle de la Manche*! à *L'Hirondelle*! Estão contentes. Um belo batismo, uma bela cerimônia.

    O velho prático que me contou com indubitável perversidade a história do batismo malogrado do *Costa Concordia* reaparece enquanto estou estendendo a mão para uma taça de champanhe – pode tomar, é a mesma que você serviu à *L'Hirondelle*, todo mundo aqui bebe a mesma coisa. Arrogante, mas adivinho que está aproveitando a oportunidade de falar comigo. Saímos do galpão para fumar. O vento amainou, o céu adquiriu uma consistência espessa, grumosa, de um cinza fosforescente. Conheci bem o seu pai. Ele acende meu cigarro – a chama do seu Zippo, de um azul ultramarino, espalha forte cheiro de gasolina –, uma vez a gente se atirou na água para resgatar um rapaz no canal, pleno inverno, fizemos aquilo juntos, sabe dessa história? Viro-me para ele, surpresa, respondo que não, não sabia disso, eu devia ser pequena. Maïa gira ao redor de nós, puxa-me pela manga, insiste que quer se despedir da lancha, que ela vai ficar triste se a gente não for, faz tanto barulho que, para ouvir o prático, preciso me inclinar para seu peito, para sua voz pastosa, suas pregas vocais frouxas, cansadas como velhos elásticos. Ele tem vontade de contar, e seu corpo acompanha sua voz: vínhamos voltando do nosso turno, ainda estava escuro, avistamos aquela cabeça como uma boia na água e os braços grandes que a acompanhavam, um homem bem no meio do canal, ali, na frente do dique Norte, e nós, bom, a gente mergulhou. Ele imita a cena, dobra as pernas, estica os braços e enfia a cabeça nos ombros. Eu devia ter ouvido falar desse episódio, digo a mim mesma que ele está confundindo o meu pai com outro, mas então, como se lesse meu pensamento, dá um tapinha no peito, acrescentando que ganharam medalhas por isso, ele e meu pai, a gente até apareceu no jornal. Depois sua fala se torna mais lenta, avança como num sonho, vai progredindo entre os tempos, ambígua: era um russo, quis dar no pé, os caras da frota soviética não desciam nas escalas, eram muito vigiados e ficavam trancados a bordo, era a Guerra Fria. Meu cigarro está se consumindo depressa. Reparo que a borda dos seus olhos é de um vermelho-vivo, como se ele tivesse conjuntivite, alguma irritação. Ele volta a falar, então, numa espécie de erro de continuidade: o teu pai gostava de fazer os navios soviéticos, e era recíproco, os capitães russos o apreciavam, ofereciam-lhe presentes, vodca, cigarros, lembro-me até de um magnífico *chapka* de raposa – empino as orelhas, perturbada por ressurgirem juntas a figura de meu pai como imitação de herói de romance de espionagem e aquela pele que coroou minha mãe nos anos oitenta, pela qual me apaixonei mais tarde, como se fosse uma coisa nobre, de uma procedência que me tornava estilosa, que eu via passar às vezes para a cabeça de Maïa. O velho prático suspira, terminou, sua mão desaparece na espessa cabeleira branca, o ouro rosa de seu anel brilha entre as mechas, mas suas iniciais cinzeladas em relevo na chapinha não são suficientes para que seu nome se reescreva em mim.

Mas ninguém deu pelo sumiço dele? Soltei uma espécie de grito dentro do carro, espantada com o som de minha voz, depois perguntei de novo mais baixo: ninguém se importa com esse sujeito?

A estrada corria abaixo do planalto, renteava a velha muralha calcária onde eu situava de memória os abrigos rochosos e os bancos de fósseis, a gruta do Dinossauro e o seu pórtico em forma de amêndoa – o meu pequeno tênis rosa pálido hesita no limiar, receoso e fascinado, antes de arriscar um passo para dentro da cavidade –, ela roçava os campos lamacentos e as planícies de maré, além das quais o Sena era incerto, e as águas, salgadas. Zambra fez uma careta, sim, alguém veio ontem à polícia, uma mulher, quem a recebeu foi a Nadia, e francamente tudo se encaixava: o marido não voltava para casa fazia dois dias, quer dizer, desde 15 de novembro, bem na noite de *Queime depois de ler*, é motorista de uma grande empresa de transportes de Montivilliers, cargas frágeis; ele carregou no terminal Atlantique por volta das quatro da tarde para entregar micro-ondas na região de Paris, a entrega foi feita, e o caminhão foi levado de volta à garagem de Garonor. Depois disso, mais nenhum sinal de vida. A mulher ainda esclareceu que acontecia de o marido ficar à noite em Paris, ele faz isso às vezes quando precisa "distensionar", mas duas noites seguidas não é normal. Não atende o telefone, não posta mais nada nas redes. A foto de seu marido, que aparece na tela, é suficiente para que Nadia chame Zambra – ela sabe do homem do dique Norte, tem uma intuição. Os olhos do jovem tenente se detêm abruptamente sobre a tela: o marido parece o homem do dique Norte. Poderia muito bem ser ele. Na hora, Zambra acredita que tem o seu morto, e o motivo de um crime ligado ao tráfico de drogas se cristaliza – o caminhão, a familiaridade com os terminais portuários, as ligações com Paris e a periferia. Mas é preciso ser prudente, avançar devagar, desacelerar e analisar. Nadia retoma a descrição, Zambra fica afastado na sala. Sobre as roupas, a mulher é vaga, jeans, tênis, sim, ele é motorista, precisa estar à vontade, mas a parte de cima, blusão de moletom ou camiseta, não se lembra. Em seguida, quando Nadia pergunta sobre eventuais sinais particulares do marido, a resposta dela não tem nada a ver, ela fala de homem sério, calmo, que tem suas raivas, mas é gentil. Gosta de futebol, é sua paixão, ou então sai para caçar frequentemente com o pai no Marais-Vernier. Nadia chama sua atenção: não, sinal particular significa marca no corpo, que o identifique. Uma tatuagem, uma coroa dentária, uma cicatriz. A mulher fica perdida. Diz que não sabe. Responde que, depois de todos aqueles anos dirigindo caminhões, todo o corpo dele se tornou particular, ombros, a parte superior do tronco, os braços, a nuca, tudo engrossou, inchou, exceto as pernas, que se tornaram muito magras, ah, sim, ele também ganhou barriga. Mas, subitamente, ela menciona uma mancha de nascença atrás da orelha, uma mancha vinho em forma de folha de carvalho. Orelha direita. Isso é sinal particular? Nadia assente, e agora Zambra sabe que a coisa melou, que aquele desaparecimento não vai bater: ele assistiu à perícia do homem do dique Norte e não viu nada de especial na orelha, nenhuma mancha em forma de folha de carvalho. Foi quase: região, época, descrição, tudo coincidia. Eles se pareciam, só isso.

A ponte de Tancarville apareceu naquele instante, alta e tensa, cabos pretos, pilares azulados na luz do dia declinante, Zambra acelerava, e fizemos a travessia acima do estuário; o vento oeste batia na lateral do carro, lufadas carregadas de chuva nos desviavam, açoitavam a carroceria, enquanto o para-brisa era atingido por pequenas explosões de água em rajadas, formando cataratas de que os limpa-vidros não conseguiam dar conta; rodamos sob a tempestade, suspensos acima das águas, suspensos nós também, o vão da ponte vibrava como uma rede de dormir, a luminosidade diminuía, céu e terra diluídos numa mesma massa cinzenta, e o percurso parecia muito mais longo do que eu guardava na memória, como se o rio tivesse se alargado com os anos, como se a ponte tivesse se encompridado na minha ausência, formando agora uma comporta entre dois mundos. Depois, na descida, a chuva e o vento amainaram, e matutei que algumas cidades, por mais próximas que estivessem das capitais, por mais que participassem do tráfego mundial e estivessem ligadas aos fluxos e aos grandes eixos, conservavam algo de afastado, desligado, continuavam distantes.

Já pensou na tal história de sinais particulares? Os faróis dos veículos em sentido contrário iluminavam o interior do carro, que por alguns segundos assumia a forma de um disco voador amarelo, e o perfil de Zambra evoluía naquela luz, sua voz agora vinha acompanhada por ligeiro eco que abafava suas interrogações: não falo da minha ruivice – riu –, falo de sinais inalteráveis, sobre os quais nem o tempo nem a ciência têm poder.

Pensei em Maïa e em Blaise. O que eu diria se tivesse de declarar o desaparecimento deles num comissariado? Saberia descrever para Nadia sinais que permitissem afirmar com certeza que eram realmente eles? Sobre Blaise, eu não teria pensado duas vezes, indicando aquela perna mais curta que a outra, detalhe que havia descompensado sua silhueta, desequilibrado sua marcha, sonorizado seus passos, treze milímetros que tinham moldado seus movimentos, estruturado sua presença. Em contrapartida, sobre Maïa eu certamente teria ficado confusa e, tal como a mulher do motorista de Montivilliers, me lançaria de cabeça em algum traço de personalidade, temendo talvez reduzir minha filha à folha de mangue que lhe adorna o quadril, tatuagem que desencadeou a ira de Blaise, que exagerava seu papel de tipógrafo, criticando o desenho e o local onde tinha sido feito; mencionaria a impetuosidade que a caracteriza, sua intransigência – se eu lhe tivesse falado do homem do dique Norte, ela teria respondido tranquilamente: você é estranha, mãe, esse homem está morto, você não sabe quem é, ninguém sabe, ele é como as centenas de seres humanos que se afogam e encalham há anos nos litorais deste planeta, pessoas nas quais você não pensa tanto assim, pelo que me parece; eu teria aparado e respondido sem piscar que pensava, sim, senhorita-sabe-tudo, pensava, sim, nos outros e naquele, mas ela teria então concluído, impiedosa, refazendo o rabo de cavalo: tá, pra esse você liga, porque ele é teu, de qualquer modo está com o teu número de telefone, como um rótulo, mas e todos os outros? –, eu teria visualizado sua testa alta e límpida, seus olhos dourados fendidos sob pálpebras eslavas, teria lembrado sua ternura elétrica, sua sagacidade, o medo pânico de cães, e Nadia teria dito não balançando a cabeça, impaciente sem dúvida: sinal particular não é nada disso.

Então, fosse pelo crepúsculo, fosse pela densificação da atmosfera naquele carrinho a toda a velocidade, pela presença de Olivier Zambra ao meu lado, jovem tenente responsável pelas investigações de óbitos na polícia do Havre, ou quem sabe pelo pólen imóvel que flutuava entre nós, pensei no jogo da "máscara de carne", aquele jogo vagamente cruel ao qual me entreguei tantas vezes na infância, na adolescência, uma vez admitida a ideia fascinante de ser possível mudar de rosto, de que os maiores criminosos do planeta poderiam atravessar o oceano e se esconder no Brasil para se submeterem a um transplante de rosto completamente novo numa clínica de cirurgia plástica, um rosto virgem de história e delito, para recomeçar a vida sem que ninguém, nem mesmo a própria mãe, nem mesmo seu cão, pudesse adivinhar sua existência sob aquele rosto desconhecido.

Era a época da série de televisão *Os invasores*, os faróis do carro de David Vincent cortam a noite, os insetos voam nos feixes de luz, os extraterrestres assumiram aparência humana, são vizinhos, colegas, amigos, infiltram-se na Terra, o que os denuncia é o dedo mindinho rígido, e eu sondo todos os mindinhos que passam pela minha frente. Meu irmão tem onze ou doze anos, está sentado à minha frente na cozinha do apartamento da rua Arthur-Honegger, aquela cozinha estreita e bem comprida, ele empurra o prato, está com a fisionomia imóvel, olhos nos meus, fixos, duros, e, com voz modificada, átona e ligeiramente cavernosa, repete lentamente: eu não sou seu irmão, eu não sou seu irmão. Eu sustento o olhar dele, sustento muito tempo e depois desmorono, levanto-me da mesa derrubando a cadeira, corro pelo apartamento, chamo minha mãe, grito de pânico, apavorada com a ideia de que estranhos hostis possam ter assumido a aparência de seres familiares, de que clones desprovidos de qualquer afeto, profanadores de identidade, espiões inimigos possam ter se infiltrado em nossa célula amorosa, de que sósias estejam prestes a subverter a tranquilidade de nossa casa, sem que seja possível desmascará-los, identificá-los, mas às vezes eu é que sou a máscara de carne, sou sádica, impiedosa, minha priminha desata a chorar, é um jogo diabólico que faz mal, causa medo e funciona sempre. Eu me pergunto se o homem do dique Norte não será a máscara de carne de um ser familiar.

Não me surpreendeu ouvir Zambra concluir sua história enquanto nos aproximávamos do pedágio de Bourg-Achard, como se ele recolocasse em seu devido eixo a conversa que tinha andado à deriva, em meandros, o que se desenrolava nos silêncios que acoplavam nosso diálogo tanto quanto as próprias palavras. Ele tinha ficado aliviado por não ter de comunicar àquela mulher a morte de seu marido, coisa que ele já precisara fazer antes e que ele dispensava, mas, seja como for, estava com um homem sumido, além do morto do dique Norte. Eu aguardava o epílogo: encontraram o marido? O jovem tenente continuou impassível: ele voltou hoje de manhã, uma fugida, uma escapada tipo álcool, cocaína, prostitutas, tinha até ido parar em Portugal.

***

Alguns indivíduos desapareciam em condições preocupantes ou suspeitas, outros eram descobertos, mas não identificados, sendo preciso combinar nomes e corpos, fazer as contas. O que angustiava Zambra e até o deixava desanimado algumas noites eram as falhas existentes na gestão dos dados, a impossibilidade de conectar de forma sistemática um desaparecimento preocupante de um lado e um corpo não identificado de outro, de estabelecer um elo entre um cadáver anônimo à espera num instituto de medicina-legal num extremo do país e um indivíduo registrado no arquivo de pessoas procuradas – monstro informático de cerca de seiscentas e cinquenta mil fichas, que agrupa toda e qualquer pessoa que tenha sido alvo de investigação ou verificação, incluindo menores fujões e indivíduos com diversos graus de periculosidade. Ele desejaria uma ferramenta que unificasse as pessoas e o território, algo seguro e centralizado, um sistema que não deixasse passar nada. Mas as coisas não funcionavam assim, não eram tão simples. Era preciso investigar mobilizando outros instrumentos. Se o motorista de Montivilliers não tivesse voltado, por exemplo, e tendo em conta o contexto, Zambra acabaria pedindo à mulher dele algum objeto pessoal ou peça de roupa para extrair as informações genéticas, o DNA, e inseri-las no Arquivo Nacional de Impressões Genéticas, onde talvez ele topasse com uma amostra idêntica. Endireitei-me, perguntei por que não se colhia o DNA do homem do dique Norte, mas ele balançou a cabeça: no que diz respeito a ele, temos as impressões digitais, que têm seu registro próprio.

O sol já tinha declinado, mas ainda estava claro; o pensamento circulava entre nós, subterrâneo, brotando do silêncio a intervalos aleatórios, e foi assim que Zambra acrescentou, alguns quilômetros adiante, com voz tranquila, que, com o crescimento da biometria e das redes sociais, ia ficar cada vez mais difícil desaparecer voluntariamente.

O cinto de segurança comprimiu subitamente meu tórax; tentei afrouxá-lo, mexendo na fivela. Zambra perguntou se havia algum problema, depois olhou a hora; íamos chegar lá dentro de vinte minutos, ao passo que eu gostaria que parássemos ali, no acostamento, na primeira área de descanso. Eu teria esticado as pernas sob as luminárias esbranquiçadas, respirado, com as mãos na cintura, atravessado o estacionamento em direção à sombra do bosque, andado entre os arbustos e pronunciado em voz baixa os segmentos de frases que saberiam esclarecer o que se passava dentro de mim, *o corpo de um homem, a via pública, Havre, um assunto que lhe diz respeito*; eu teria visto esses fragmentos como pequenas ilhotas mergulhadas num banho de revelador, a imagem latente evoluindo para a imagem visível, operação lenta, flagrante, irreversível, prolongada até fazer Craven aparecer com meu número de celular no fundo do bolso, Craven andando pelas ruas do Havre, inclinado sobre o bilhar da rua Georges-Braque, com os cabelos rutilantes no ouro das lâmpadas, decifrando a mesa e depois dando sua tacada de olhos fechados, Craven me procurando como eu o tinha procurado no outono dos meus dezesseis anos, no outono do *ghosting*; ele talvez tivesse lido aquele artigo em que eu havia sido fotografada de vestido azul na frente de *L'Hirondelle de la Manche*, certamente deve ter desejado deixar uma mensagem na minha caixa de correio de voz antes de desistir no último momento: eu talvez também tivesse sido uma célula dormente, alojada em algum lugar dentro dele. O passado não era matéria fossilizada, ele evoluía no tempo, flexível, plástico, evoluía infinitamente, recarregava-se ao longo da vida, o passado permanecia vivo; a estrada agora se afastava da costa, avançava para o interior do continente, a noite sobre Rouen era castanha, vagamente dourada, absorvia as luzes como um mata-borrão.

Agarro o passado em Rouen, um sábado de março, entre dois temporais. Tenho oito anos, quase nove. Estou com um corte de cabelo como dos Rolling Stones, com franja em escadinha, vestindo calça de veludo cotelê bordô e um anoraque vermelho, sapatos Clark novos, cuidadosamente impermeabilizados naquela manhã – se ainda não está chovendo, é porque vai chover, e choverá. É um dia incomum, vou sair para um passeio, sozinha com minha mãe, sem os outros, sem meu irmão – prepare-se, vamos para Rouen, foi o que ela me sussurrou sem mover os lábios, enquanto fechava o cinto de seu lindo casaco de couro cor de conhaque, de gola alta e forro de cetim cereja.

Rouen, mal sei o que esse nome designa; Rouen não me interessa, naquele dia só minha mãe me interessa. Os limpadores de para-brisa chiam no vidro, estou sentada no banco de trás, diante do vão dos bancos da frente, embriagada de alegria; a estrada é longa, depois minha mãe vira devagar num estacionamento, suas mãos se cruzam e descruzam no volante, enquanto ela procura uma vaga, e depois é uma escadaria de lance curto, uma longa subida, o mundo na superfície está lustroso, tudo escorre e reluz, e eu ainda não detecto nada de especial, exceto o sobressalto de excitação que as cidades de província conhecem no sábado à tarde, um frenesi vagamente predador ligado à cobiça, ao gasto, ao consumo. Pergunto à minha mãe aonde estamos indo, o que vamos comprar, o que vamos fazer; cubro-a de perguntas, enquanto ela testa seu guarda-chuva – os meus olhos não desgrudam da mecânica fascinante, as varas metálicas subindo contra a haste, de repente se estendem, o pano azul-porcelana se estica de uma só vez e forma uma cúpula. Respire o momento presente, diz ela.

Dobramos à esquerda numa rua sem calçada nem carros, onde os paralelepípedos irregulares substituem o asfalto, onde há gente por todo lado. Uma água escura serpenteia pelo chão e desenha uma rede hidrográfica cuja nascente não consigo identificar. Tenho de evitar que meus sapatos se molhem nas poças; ando como um gato, saltito no meio da multidão e, provavelmente por causa de minha confusão e de minha estatura de criança – embora eu já seja alta para a idade, um varapau com dois cambitos –, deixei de ver até aquele momento o grande relógio, que de repente aparece diante de meus olhos, embutido numa caixa de ouro debaixo do telhadinho de ardósia, máquina ao mesmo tempo inteligente e feérica, coisa intrigante, mas à qual todos à minha volta parecem não estar dando a mínima, a começar pela minha mãe, que avança com jeito de quem sabe aonde vai, cintura fina e escarpins firmes, cachos acobreados saltitando contra as escápulas, cabo do guarda-chuva sobressaindo da bolsa, para que eu o alcance, para que o agarre, quando, diante de nós, o relógio se aproxima e cresce, tenho a impressão de que me olha de cima para baixo, de que me prende em seu olho, o ponteiro gira no círculo de ouro, o tempo voa, não devo ficar para trás, não devo perder minha mãe que, curiosamente, acelera, aperta o passo, eu no seu encalço, eu contra o quadril dela, e de repente sou sugada para debaixo do relógio, sob a engrenagem das horas, exatamente sob a pulsação do tempo, raptada sob seu compasso, e, quando saio daquela passagem, o mundo mudou, as casas são de madeira, estriadas de riscas marrons, às vezes vermelhas ou cinzentas, eu as incluo sem distinção na categoria Idade Média do meu livro escolar e, mais adiante – prevejo pela sombra que se estende sobre mim, sobre a rua, sobre a cidade inteira –, uma igreja que parece uma montanha destacada de seu maciço, com cumes e fendas, desfiladeiros, rendado de pedra, e, num breve deslumbramento, tenho a certeza de ter agarrado o passado.

Respire o momento presente, disse-me minha mãe, respire. Cresço numa cidade que não se parece com as outras, uma cidade cuja estranheza já percebo. Aqueles que nos visitam – muitas vezes os que nos aperreavam desde a estação para ver o mar – arregalam os olhos quando descobrem o cinzento da cidade, do estuário e da Mancha, das fachadas dos edifícios Perret, do céu e das fumaças, esse cinzento geral, como se os lugares tivessem sido purgados de todas as cores, ao passo que é um cinzento mágico que as retém e difrata todas, um cinzento indeciso, mitigado, hesitante. Acham que seu espanto provém da fisionomia do lugar, de uma aridez com a qual não estariam habituados, de uma feiura política que leva a pensar na cidade comunista, na cidade de antes do liberalismo, naquela cidade de fim de linha que não acompanha a história, criticam a uniformidade dos prédios de apartamento, a austeridade, a rugosidade das paredes nas quais não se pode pousar a face, lamentam a ausência de árvores e a presença de casamatas lúgubres na costa, pelos lados do cabo de Hève. Os mais grosseiros declaram que não deve ser lá muito alegre viver aqui, enquanto os mais corteses divagam sobre as rivalidades do concreto – Perret versus Niemeyer, reto e curva, cinza e branco, formal e sensual –, o inconsciente nova-iorquino vê o campanário da Igreja de São José como um primo distante do Empire State Building, fazem discursos eruditos sobre a cidade pensada como um todo, irmã distante de Chandigar e de Brasília, cidade que representa um momento, onde as camadas históricas são invisíveis, estão achatadas embaixo. Pontificam sobre tudo isso com muito entusiasmo, mas sinto que, no fundo, nos lastimam.

Respire o momento presente, disse-me a minha mãe, respire. Vivo num ISAI na praça da prefeitura, meu quarto está forrado com papel de parede laranja-psicodélico e grandes flores brancas, o concreto é a matéria-prima de minha existência. No meu bairro, o passado é invisível, não tenho acesso a ele e, aliás, só tenho uma ideia muito vaga a respeito. A cidade *de antes* deixou raros estigmas que estimulam meu temperamento de investigadora: uma parede de catedral, a fachada com colunas do Palácio de Justiça e, no bulevar Strasbourg, aquele prédio de estilo haussmanniano, sua escadaria escura e seu soalho que range.

O temporal que recomeça espalha a multidão, as pessoas desaparecem nas lojas ou se abrigam em entradas de prédios, a rua se esvazia, e eu fico ali parada no átrio, em cheio no passado. Chove sobre meus Clarks que vão para a cucuia e, ainda por cima, acabarão debaixo de um aquecedor, forrados de jornal, esqueci que estava usando a calça dos meus sonhos, aquele veludo cotelê bordô da Cimarron, arrancada de minha mãe a duras penas, na barra do meu anoraque formam-se verdadeiros riachos, mas eu não me movo.

A legista de Rouen, a "mulher que resolvia qualquer parada", impressionando os OPJ, os repórteres da imprensa local e os curiosos que zanzam em volta das fitas de isolamento, aquela que tinha feito a perícia do corpo do homem da praia, apresentou-se a nós com um jaleco branco aberto sobre um jeans cru, vestindo um pulôver por cima de uma camisa masculina listrada, baixa, miúda, mas com porte, trança de cabelos castanhos, físico juvenil; ao contrário das figuras pitorescas que aparecem nas séries, legistas de cabelos pretos como corvos e gíria picante, figuras góticas, entusiastas da morte, esta, felizmente, era de uma espécie mais sóbria, até espartana, a julgar pela corrente de ar frio que se fez sentir no patamar quando ela deu meia-volta, abrindo às suas costas um canal que percorri em primeiro lugar, Zambra no meu encalço, corredor estreito com paredes cobertas de prateleiras em que se alinhavam fichários e pastas numerados com pincel marcador preto.

Tratavam-se pelo primeiro nome, Olivier, Rym, e eram próximos, como duas pessoas que trabalham juntas e, ainda mais, como dois parceiros: comungavam a intimidade das investigações. Frequentemente trabalhavam na mesma área – Rym se deslocava de Rouen quando houvesse perícia no Havre –, ou, mais raramente, mas já tinha acontecido, na mesma sala de autópsia, quando Zambra era o OPJ requisitado pelo procurador. Falavam a mesma língua, entendiam-se num estalar de dedos, associavam hipóteses, evoluindo, ainda por cima, como recém-trintões solitários e pujantes, ambos solteiros, independentes, mas ansiosos diante da ideia de estabilidade da vida. Imaginei que deviam telefonar-se várias vezes por dia, Zambra solicitando com urgência um detalhe sobre o corpo de um cadáver, ela fazendo perguntas para obter mais precisão sobre a investigação, caso a autópsia levantasse alguma questão. A ideia de que fossem amantes também me passou pela cabeça.

O dia chegava ao fim, Rym pediu notícias de Vinz, depois se deixou cair na sua poltrona para descrever a Zambra a "cara" do seu plantão, enquanto carregava seu cigarro eletrônico. Plantão que não tinha sido nada suave – eufemismo gelado: tinha encadeado consultas por requisições judiciais, observado atentamente as marcas de violência na pele de uma mulher espancada pelo companheiro, examinado um bebê com suspeita de SBS (síndrome do bebê sacudido), auscultado uma adolescente em fuga que urinava sangue e tinha vertigens, apresentava quatro manchas pretas nas costas, duas nas escápulas, duas nos rins, hematomas; Rym havia pedido uma tomografia para diagnosticar eventuais fraturas, o irmão da jovem lhe dera uma cadeirada nas costas, sentando-se com calma para fumar um baseado enquanto a ouvia gemer e suplicar, ele, que ultrapassava de longe os cem quilos, enquanto ela era mais do tipo passarinho, não tinha encontrado outro meio de impedi-la de sair e ir rodar bolsinha; após isso, o exame ginecológico tinha sido difícil, a jovem tensa, com os olhos no teto, lágrimas escorrendo nas orelhas, com medo das represálias da família, quando fossem provados os estupros desse mesmo irmão, sem saber para onde ir; eu a coloquei em observação no hospital – e o que vai acontecer depois? Ao contrário dos estereótipos, a medicina dos vivos a ocupava muito mais do que a dos mortos. Ela folheou uma agenda grande, com o queixo apoiado na mão, à procura de uma data para ir a Paris com Olivier ver o show de Patti Smith, ainda hesitava, durante a semana era difícil, os plantões noturnos eram pagos em *cash*. Olivier disse que se encarregaria de tudo, que iriam de carro, que ela só tinha de se deixar levar, mas ela cortou a conversa, veremos isso mais tarde.

***

Estava saindo de uma autópsia extenuante, embora sem complicações: um rapaz, vinte e sete anos, que tinha se suicidado às duas da madrugada no pátio da fazenda da família, cano de espingarda na boca e um tiro que leva embora a cabeça; ela havia lido o relatório da perícia, se informado sobre a posição do cadáver em relação à arma antes de proceder ao exame, atrasando a rotina, mas inserindo seu trabalho no conjunto sistêmico, estando a investigação implantada no coração de cada um de seus atos e modelando toda a relação com o cadáver.

Queria ser ouvida, e o fato de eu estar presente não parecia incomodá-la, pelo contrário, ela relatou a autópsia sem nenhum gesto, sem marcar com as mãos espaços e sentimentos, vazios e cheios, mas mantendo-se firmemente cingida à linguagem. Eram duas na sala, uma excelente estagiária a ajudava no exame que ela dirigia. Juntas, tinham retirado o corpo do saco, corpo que foi preciso acabar de despir, sendo necessário descrever e arrumar as roupas, depois tirar todas as medidas, antes de fotografar, antes de iniciar o exame externo, de registrar rigidez e cor, de percorrer as palmas das mãos com brocas para recolher resíduos de pólvora, de colocar os *swabs* para coleta de material sob as unhas e talvez detectar o DNA de outra pessoa; Rym tinha notado a cianose das unhas, uma equimose no braço esquerdo e depois se deteve na ausência do rosto – o cérebro tinha sido encontrado nas proximidades do corpo, mas o cerebelo estava no lugar –, a cabeça tão mole em suas mãos que ela aconselhara um sepultamento imediato para poupar os familiares: o corpo não estava apresentável, não mesmo. Depois, entregou-se às dissecções subcutâneas, fez incisões no corpo à procura de algum hematoma profundo, quando há luta – a face interna dos braços –, olhou se ele tinha sido seguro pelos punhos ou por outro lugar, e, depois de executado tudo isso de acordo com a ordem estabelecida, pôde ter início a autópsia propriamente dita. O corpo rasgado com um movimento firme, o abdome aberto, arregaçado, a espessura açafrão dos tecidos como o forro de uma primeira vestimenta. Enquanto a estagiária começava a suturar como podia o que restava do crânio, com a mão mergulhada lá dentro como num saco, Rym continuava a procurar estados anteriores do corpo, tudo serve de indício, repetia ela, especificando, porém, que essa tecnicidade rigorosa, atenta, cingida aos questionamentos da investigação, não era o que a interessava: quando abro o corpo, de certa forma já está acabado, disse ela.

Como ocorria todas as vezes, Rym seccionou o abdome com pinça, fazendo estalar os ossos – ação que exige tanto força física quanto habilidade –, pulmões exanguinados, aerados, o cadáver esvaziado metodicamente, órgão por órgão, vasos e cavidades, e o pescoço tão sensível, reservado para o fim. Cada órgão é pesado e cortado em pedaços, um dos quais destinado a outros exames, enchendo-se com tudo três envelopes lacrados e enviados a outros departamentos – anatomopatologia, toxicologia, genética –, e em tudo isso Rym arquivando, registrando, fotografando o tempo todo, gravando, anotando, para provar que a autópsia foi feita de acordo com as regras e poder dar respostas, se for questionada nos próximos dez anos.

Zambra, admirado com aquele longo relatório enunciado com voz clara, mastigando ostensivamente um enésimo palito, quis saber o que tinha sido tão difícil naquela autópsia em que "tudo se encaixava", já que você faz isso há tanto tempo, e aquela não tinha sido um passeio, ele estava consciente disso, mas ainda assim parecia relativamente simples – ele estava confuso. Rym lançou-lhe um olhar reprovador, depois se levantou, dando-nos as costas, aproximou-se de uma chaleira que estava chiando e respondeu com um esgar que um cadáver sem rosto era aflitivo, que ela só conseguiu trabalhar isolando suas partes, quando se tornou difícil apreender o corpo por inteiro: cabeça sem rosto é algo que muda todo o exame, inclusive para mim.

Ela imprimiu um documento de cerca de dez páginas e o entregou a Zambra com mão distraída, murmurando o homem da praia é homicídio, está claro, a morte ocorreu entre as duas e as quatro da madrugada do dia 15. O corpo não foi mudado de lugar nem arrastado sobre as pedras: não foi encontrado nenhum depósito de calcário ou sal nas roupas, ele roía as unhas, só isso. Depois, seu olhar pousou em mim: e com a senhora, o que aconteceu? Tive um sobressalto e me apresentei, eu era aquela cujo número de celular tinha sido encontrado no bolso do morto. Zambra esclareceu que eu não tinha reconhecido o homem nas fotos, mas esperava conseguir me lembrar de alguma coisa na presença do cadáver. Ela ficou contrariada: Oliv', seria bom ter um motivo mais sólido, isto aqui não é a casa da mãe joana, não é nada disso. Então tomei a palavra, disse que estava pensando num homem com quem havia convivido quando tinha dezesseis anos, durante alguns meses, um verão, que hoje eu tinha quarenta e nove: não era fácil reconhecer alguém cujo rosto tinha mudado, envelhecido, ficado irreconhecível.

Eu não deveria ter ligado o celular quando entrei no trem que partia de Rouen. Deveria ter me encostado num canto, entregado meu corpo à vibração ferroviária, inclinado a cabeça para trás e descansado de tudo aquilo. Ou, numa opção mais laboriosa, deveria ter decantado o que havia acontecido, separado os episódios, reorganizado os seres: Zambra, o Channel, o homem da escavadeira, o Bar des Sirènes. Craven. Em vez disso, tirei o telefone com um gesto mecânico, e tudo o que estava prestes a tomar forma refluiu para o fundo de seu buraco. Uma série de mensagens de texto chamou-me de volta a Paris – cancelamento de uma gravação na Radio France, confirmação do encontro com Herminée na segunda-feira, dia 21, em Pantin e, mais surpreendente, a proposta de um novo teste para a dublagem de Carey Mulligan, dessa vez em Paris. Uma mensagem de voz de Blaise dizia que tinha ido buscar a espada de Maïa na loja Prieur, e só nesse instante – uma palpitação do coração – lembrei que ela estava fazendo vinte anos naquele dia.

Esqueci o aniversário de Maïa. Esqueci completamente. Fugiu de minha cabeça. Chego em duas horas, envio uma mensagem de texto a Blaise ao sair do desfiladeiro de Rouen, ele responde que me encontrará em casa, com a espada. Florete, corrijo. Sim, florete. E a máscara. A máscara também vou pegar. Mas a que horas você chega? Não me espere, preciso passar pela gráfica na volta de Livry-Gargan. Tive a impressão de que Blaise estava tentando escapulir e logo dei o contra: vamos juntos depois, eu vou com você. Pouco inclinado a grandes demonstrações, a festividades obrigatórias, amaldiçoando o autoritarismo indelicado dos aniversários-surpresa e os exageros das celebrações das criancinhas – pais sobrecarregados, McDonald's privatizado, palhaço sob pressão, karaokê de vozes agudas e uma enxurrada de presentes caros que o pequeno destinatário desembrulha em série, vermelho e brutal, num estado de tensão extrema –, Blaise agora evita essas datas, "está fora de Paris" ou deitado em nosso quarto, alegando enxaqueca.

Há três semanas, porém, ele foi comigo à Prieur, loja de esgrima da rua Gassendi, a fim de escolher um florete para Maïa, e ele passou o tempo discutindo forja e metalurgia com o jovem vendedor, na hora de armar a filha ele queria saber tudo sobre esses floretes montados no sul de Saint-Étienne em oficinas históricas que combinam martelo, bigorna e pesquisa tecnológica de ponta, sobre aquelas lâminas internacionalmente famosas, de aço *maraging* – liga de aço e níquel –, ao mesmo tempo duras e dúcteis, flexíveis como ramos de salgueiro. Observou demoradamente as ranhuras do metal e constatou com os dedos a seção quadrada da haste, quis entender onde fica posicionado o fio elétrico, antes de encomendar um florete com guarda-mão vermelho, canhoto, ao qual acrescentei uma máscara que protegeria o rosto e o pescoço de Maïa.

Esqueci completamente o aniversário de Maïa. A pulseira identificadora de plástico rosa pálido, fechada há vinte anos em volta do punho dela, está em algum lugar numa caixa de lata com joias estragadas, botões, moedas estrangeiras; o nome e o sobrenome e a data de nascimento ainda são legíveis, mas aquela carinha aturdida, inchada, enrugada, que se virou para mim ao nascer, enquanto eu me repetia, precisamente, lembre--se, lembre-se deste segundo, aquela carinha se esfuma, e, se Maïa me perguntasse daqui a pouco, sem sequer esperar que eu tirasse o casaco e largasse minhas coisas, sem sequer esperar que eu a abraçasse e a beijasse – feliz aniversário, Maïa –, mas, esvaziando um litro de leite em pé na cozinha, com as nádegas contra a pia, voltando à origem das perguntas, perguntasse: mamãe, como eu era quando nasci?, a cena que se seguiria seria penosa, eu seria evasiva, não conseguiria fazer outra coisa senão balbuciar, tergiversar, acabaria indo buscar a única foto dela tirada após o parto, para que ela pudesse ver o saco de dormir amarelo-pintinho tricotado em ponto musgo, o gorrinho de lã de borda arregaçada e aquela pulseira que servia para ela não ser confundida com outro bebê de carinha parecida, de tamanho parecido – essa ideia me deixava ansiosa, eu tinha medo de não reconhecê-la se ela estivesse alinhada entre outros recém-nascidos, as pessoas martelavam que o instinto maternal me guiaria naturalmente para a minha criança, mas eu não acreditava. Sei, por experiência, que uma simples foto não lhe bastaria, que sua pergunta vai mais fundo, e, depois de me ouvir com aquela atenção de platina que lhe é própria, que nada pode fissurar, ela desconfiaria de memória preguiçosa ou, pior, de esquecimento a seu respeito. Mãe, como eu era logo depois de nascer? Naquela noite, embora tivesse atingido a fronteira final de meu corpo, aquele extremo biológico que só se alcança em experiências-limite, eu não tinha dormido: um raio de luar banhava o quarto, os montantes da minha cama reverberavam uma luz prateada, meus lençóis eram de uma brancura estroboscópica, e eu contemplava minha pequena desconhecida.

No final dos anos oitenta, quando comecei a fazer as minhas idas e vindas semanais, este trem era um Corail com assentos de couro sintético cor de caramelo, cortinas plissadas de juta laranja, o "trem das dezoito", o de domingo à noite, o dos estudantes e dos recrutas, com uma baita gritaria nos compartimentos, muito fumo e cerveja, enquanto alguns estudiosos revisam as aulas, outros montam estratégias para cavar um lugar ao lado de uma pessoa cobiçada, e, quanto mais o trem se aproxima de Paris, mais a cidade se apaga às minhas costas, mais eu esqueço o mar, os navios, a vida familiar, os vidros embaçados de Le Week-End – a única coisa do Havre que nunca me abandona é Craven.

Durante a viagem, o trem me transforma; uma parte de mim torna-se outra garota: em Bréauté-Beuzeville, já estou fumando, segurando o cigarro muito baixo, na concavidade das falanges, e provavelmente minha voz já está mais rouca, com a fala rápida das moças que vão dormir tarde; em Yvetot, delineio os olhos e penduro brincos de argola nas orelhas; em Rouen saco meus livros – *O 18 de Brumário de Luís Bonaparte,* de Marx, *Uma rua de Roma,* de Modiano, ou *Papiers collés,* de Georges Perros, que copio num caderno –, os quilômetros consumam minha transição, esboçam minha personagem, e mais tarde, no saguão da estação Saint-Lazare, vasto como a noite e povoado de silhuetas desfocadas, sombrosas, solto o cabelo e troco a bolsa de ombro. No sábado seguinte, é o mesmo Corail em sentido contrário, enrosco-me num banco, meu pulôver fede a cigarro e suor noturno, tenho duas horas para me tornar apresentável, tirar a pintura dos olhos, refrescar o hálito, voltar a ser quem eu era no domingo anterior. Na primeira olhada – aquela olhada que ela e eu tememos na mesma medida –, minha mãe me acha mudada. Meu pai relativiza: toda vez você diz que ela mudou, mas é que ela está ficando adulta, é normal. Minha mãe balança a cabeça: não, ela não está ficando adulta, ela está ficando outra pessoa, é diferente. Com o passar dos meses, minhas voltas ao Havre vão-se espaçando e diminuindo, e aqueles intervalos aumentados entre duas aparições desencadeiam em minha mãe a apreensão de uma metamorfose lenta, em surdina, daquela que não deixaria de colocá-la um dia diante da estranha que tinha sido sua filha.

Ela me observa, escuta, grava, focaliza detalhes, mas não consegue descrever exatamente o que me modifica, pois, aos vinte anos, parei de crescer, minha aparência física se estabilizou e assim ficará por mais alguns anos nesse período da vida que se chama juventude, o cheiro de minha roupa é o mesmo, meus pratos preferidos também – porco assado com purê de maçã, por exemplo –, e, se sou sensível ao frio, expansiva, desorganizada, categórica, reservada, ou se tenho grande necessidade de contatos físicos com ela, de encostar a testa em seu pescoço, nada disso muda. Ela conclui que é uma questão de estilo, que estou mudando de *estilo*, palavra sutil, se bem que indefinível, capaz de absorver o que ela provavelmente sente de mais doloroso, pois, mais do que me emancipar dos seus gostos e ritmos, tentar falar de política, costurar uma barra virada no jeans ou entremear minha linguagem com uma gíria que ela considera excessiva, o que se modifica são meus movimentos no espaço, a luz de minha pele, uma expressão nova surgida em meu olhar, é tudo o que eu fazia e já não faço, o que nunca fiz e começo a fazer, mudança tanto mais irreversível quanto menos visível, uma espécie de *formação* contínua, que sinaliza um desapego, um distanciamento e, mais ainda – e é isso que dói –, uma contestação surda de nossa vida no Havre.

Entramos no maciço parisiense, no pedregal escuro, na grande tubulação, as fachadas dos prédios erguem-se ao longo dos trilhos. Ainda tenho tempo de improvisar algo para a Maïa, que, agora que penso bem, se divide em duas, se despega, tanto mais amorosa quanto mais se afasta, tanto mais tirânica quanto mais sabe que agora é incapaz de passar uma semana onde quer que seja entre mim e Blaise. Moramos juntos, mas ela já não vive conosco: ela passa, é outra coisa. Uma ida à geladeira, uma camiseta limpa, um pouco de dinheiro se estiver dura, uma tagarelice, uma reclamação, de repente ela se aconchega a mim, põe na cabeça que vai me maquiar, pede um flã de flor de laranjeira, e depois, quando chega a noite, estou indo, lança ela percorrendo o corredor, saindo – para onde? Não se sabe, nunca se sabe. Está matriculada em geografia em Nanterre e planeja sair do país no próximo ano para estudar a formação de manguezais na laguna de Xel-Há no estado de Iucatã, em especial as raízes dos paletúvios, mas o que ela tem na cabeça, o que ocupa espaço ultimamente, é o clube, a esgrima, o coletivo de uma equipe de atletas, o treino e as competições, as noites de festa. Quando ela aparece, tento interceptá-la como se fosse uma falcoeira no centro de um prado, espero que ela acabe descendo em longos voos elípticos para pousar no meu braço.

Saint-Lazare. O dia se esvai, *slow fading* invernal. Os passageiros levantam-se, mas não consigo começar a me mexer, algo me retém naquele trem que partirá para o Havre dentro de algumas horas. Durante um punhado de segundos, não sei se estou indo ou chegando, em que direção transito, como me orientar naquele circuito tenso entre as duas estações, entre as duas cidades. Recolho minhas coisas, coloco a bolsa no ombro antes de me lançar na multidão dispersa que se dirige para os portões automáticos, apresso o passo nas escadas rolantes, o dia está longe de acabar, chamo um táxi na rua do Havre.

Ouvi a vozearia da escada, batidas, cantoria, o barulho se intensificava à medida que eu subia os andares, e, quando abri a porta, as garotas da esgrima estavam lá, aglomeradas na entrada, com grandes sacolas de esporte a tiracolo, os braços carregados de pacotes de 16 garrafas, moranguinhos Tagada e biscoitos Oreo, algumas ainda com roupa de treino, mas lábios pintados com batom de cor gritante, moças de coxas redondas e barrigas rijas, que bebiam no gargalo, chamavam-se de "mulher" e sabiam cantar juntas. Maïa as recebia gritando de alegria da cozinha, onde despejava a toda pressa pacotes de fritas em saladeiras, mas, quando seus olhos me captaram no turbilhão, largou tudo e se aproximou de mim, carinhosa e desconfiada, exclusiva: por onde andou? Pus a mão na sua bochecha, sussurrei num beijo: feliz aniversário, minha andorinha. Na mesma hora, uma das esgrimistas conectava seu celular ao alto-falante da sala e, como por encanto, todas começaram a dançar, flexíveis e tensas, atléticas, cotovelos no alto e indicadores apontados para o chão, um rap cuja letra conheciam de cor e gritavam em uníssono, boca aberta, cabeça inclinada para trás, finas mechas de cabelo coladas na nuca suada, olhos fechados, exalavam algo tão bruto e tão poderoso que literalmente arrebataram o espaço, e eu não conseguia parar de olhar para elas, também arrebatada, atônita diante daquele júbilo feminino, diante daquele círculo de fogo que se abrasou em minha casa; algumas usavam tops esportivos de algodão, berloques nos punhos, soquetes brancas que paravam abaixo do tálus, e Maïa, entre elas, saltava, pés alados e braços projetados em estrela, peito levantado em rápidos sacolejos, rosto deformado pelas palavras que saíam de sua boca, palavras cuja língua eu não identificava – vendo-me perplexa, de testa franzida, uma alta de camiseta fúcsia, com uma tiara de finas tranças pretas, caiu na risada: é "Tchin 2X", é Gazo, a senhora não deve ouvir isso! Algo ali se desafogava, as vitórias da equipe em Livry-Gargan, a alegria dos vinte anos da Maïa, mas talvez, simplesmente, o ato de gritar em grupo, de cantar alto, a plenos pulmões, o chão e as paredes vibravam, os vizinhos desciam para bater à porta, soltando fumaça pelas ventas, e, por mais que eu também dançasse, perambulasse no meio daquela barulheira, juntando lixo em sacos pretos e aconselhando as moças a maneirar o barulho, eu não conseguia me entrosar na festa, os rostos de Craven folheados em mim sem trégua, enquanto eu procurava Blaise entre as esgrimistas – já vai chegar, respondeu Maïa quando a interceptei para saber onde estava o pai dela.

Eu não tinha percebido que as garotas do clube tinham empilhado as jaquetas pelo corredor, esvaziado a geladeira para acomodar suas cervejas, invadido os sofás, aberto as janelas, afastado os móveis para criar uma pista de dança, formando agora um bloco compacto e impenetrável, daqueles que rechaçam os corpos estranhos para as margens, e, de fato, agora eu estava encostada na estante de livros, com Maïa na linha de mira, absorta na sua maneira de se mover, em seus olhos de pássaro, arredondados e pretos, visíveis intermitentemente entre suas mechas loiras, nas têmporas azuladas, perturbada ao vê-la no meio das colegas, no meio daquelas desconhecidas, entre as quais se tornava também uma desconhecida.

Happy birthday Maïa, happy birthday Legend! Entoamos em coro a canção de aniversário; Maïa brandia o florete novo e a máscara acima da confusão, depois de ter soprado algumas velas acesas sobre uma baguete, e senti então a presença de Blaise às minhas costas, e ele sussurrou vamos nessa?, e escapulimos, pendurando nos ombros bolsas e casacos de passagem; Blaise acelerou pela escada assim que a porta se fechou, como se estivéssemos sendo perseguidos, e, lá fora, deslizou sua mão na minha e caminhamos pelo bulevar, até que, depois de percorrermos curta distância, ele arriscasse um "e aí?", e eu ficasse em silêncio, impressionada por aquela pergunta em forma de estuário, pergunta tão vasta, que pedia um relato que ainda era cedo demais para eu fazer, e não consegui responder outra coisa senão: depois te conto.

Fomos para a gráfica. Daquele percurso noturno só me lembro da impressão de velocidade e frescor no rosto, de nossas bicicletas elétricas subindo o canal na noite de novembro, lado a lado na ciclovia, depois, para além do bulevar Stalingrad, de passarmos ao longo do bassin de la Villette, até a altura da rua Crimée, atrás da qual ficava a pequena oficina de Blaise. Lugar aonde eu não ia, exceto naquelas noites de arte-final, quando ele me requisitava para reler um catálogo, um folheto, às vezes o livreto de um programa de teatro – como aquele que ele tinha feito para o Théâtre de l'Atelier, na noite em que o vi pela primeira vez –, ou quando íamos jantar nas redondezas, e Blaise sempre encontrava um pretexto para dar uma passada por lá antes de voltarmos para casa, não para acabar algum trabalho ou verificar algum problema, mas porque era viciado no lugar, queria sentir mais uma vez o cheiro de tinta e chumbo.

A nova máquina estava lá, depositada num pálete no centro do salão, que Blaise tinha varrido e arrumado, com caixas e embalagens empilhadas nos cantos para lhe abrir espaço. Uma impressora de platina Heidelberg de 1962, portanto entregue *just in time* para as festas de fim de ano, temporada de cartões de Natal e de pequenas tiragens de luxo em que Blaise era exímio, rejeitando com desdém a uniformização dos papéis com tratamento de superfície e secagem rápida e a quadricromia clássica, destacando-se na tipografia vintage, nos cortes fora do padrão, na impressão pantone em tom direto e na decoração do papel, valorizando as belezas da estampagem, da timbragem, da termografia ou do *hot stamping*.

Ele tirou o casaco e deu-me as costas, com a respiração cortada pela emoção, depois começou a desembalar o que parecia um bicho de ferro, um bicho antigo, altivo e fechado, recolhido em si mesmo. Rodeou a máquina, despindo-a suavemente, fazendo um novelo do celofane, para revelá-la como a maravilha que deveria ser, um pouco como se descobre uma escultura: tratava-se de uma prensa tipográfica rara, um aparelho dotado de uma força de impacto excepcional, modelo ideal para praticar as técnicas de impressão em relevo que constituíam sua marca, processos que são apreciados tanto pelos olhos quanto pelo tato. Ele pensava em voz alta agora, certo de que seria capaz de melhorar a gofragem de relevo curvo ou de criar papelaria de segurança – documentos judiciais, certificados de autenticidade, diplomas, contratos –, exigindo que o papel seja estampado por uma prensa de várias toneladas, buscando-se a impressão e a complexidade de seus detalhes até o fundo do molde.

A gráfica estava silenciosa, sonora, semelhante a uma capela desativada, uma fina poeira metálica brilhava sob as lâmpadas. Blaise mordia os lábios. Pôs uma das mãos espalmada na máquina, gesto bizarro, como se estivesse fazendo um pacto com ela, e lhe perguntei, meio a sério, se finalmente ele ia conseguir fabricar notas falsas, documentos falsos que poderíamos vender por bom preço, o que faria muito bem às nossas finanças, e não me surpreendi muito ao ouvir que ele já havia pensado nisso, claro, mas que o problema, no caso das notas falsas, era o próprio papel, infalsificável, já que a marca-d'água era integrada na pasta e difícil de reproduzir. Ele acariciava sua máquina, eu sentia que estava morrendo de vontade de experimentá-la, ali, naquele momento, de testar sua mecânica, de pôr à prova sua força de impacto, mas seu gesto se prolongou de maneira inesperada: como que se conectando a uma pista mental paralela, mas compatível com a sua Heidelberg, ele declarou que a história do homem do dique Norte, a tua história, especificou acendendo sua cigarrilha cafè crème e apagando o fósforo com um pequeno estalido de dedos – mania peculiar que restaria dele quando seu rosto se tornasse irreconhecível, pensei –, a minha história, portanto, tinha lhe lembrado outro caso, um enigma famoso, mas até hoje não resolvido, um caso complexo, um homem encontrado morto numa praia, mais um, em Somerton Park, na Austrália, homem descoberto ao amanhecer e cuja identificação formal continuava alimentando muitas especulações cada vez mais imaginativas, exploradas a mais não poder em sites da internet, em artigos, livros e filmes, um homem, concluiu ele falando mais devagar, com quem encontraram, no fundo de um bolso da calça, um pequeno papel impresso. Agora Blaise estava encostado em sua máquina, contando, com os olhos em outro lugar, mas dirigindo-se apenas a mim: naquele papelzinho, duas palavras, *taman shud*, duas palavras que tinham sido identificadas: figuravam na última página de *Rubaiyat*, poemas de Omar Khayyam, e significava "acabado", era persa, e essa história ocorreu no início da Guerra Fria, em 1948, a hipótese de ser um espião parecia ser a mais cotada. Ele deu mais um passo em minha direção, e nossas testas se tocavam quando concluiu: ainda bem que sobra um pouco de mistério neste mundo.

Saímos de lá em seguida, eu não tinha comido nada durante o dia, nem mesmo um pedaço de pão, e de repente estava com fome, puxava Blaise pela manga, arrancando-o de sua prensa, certamente encontraríamos alguma coisa ainda aberta perto do canal de l'Ourcq, mas, no momento de partir, procurando pela enésima vez meu telefone na bolsa, acabei por esvaziá-la no chão da gráfica: um passe *navigo* e velhos bilhetes de metrô, um saquinho de chá rasgado, algumas moedas, vários cupons fiscais de cartão visa, três notas de vinte euros, um talão de selos começado, o roteiro anotado de *Lady Forger*, uma caixa de Doliprane 1000, uma caderneta vermelha pautada de capa mole, cheia de anotações esparsas, um tíquete de lavanderia de 2017, bolotas, canetas, um lápis delineador, um cartão-postal de Maïa, em que está escrito apenas *Beijos de Marselha*, o celofane da guloseima que acompanhava a conta no restaurante, ontem com Herminée, o livrinho da missa de exéquias de meu pai, cascas de tangerina, um iluminador de pele, um maço de Lucky, uma caixinha de couro onde guardo um rolo de fotos de Blaise e de Maïa tiradas em cabines de fotos – carinhas capturadas ao longo do tempo –, um mapa do metrô de Londres, o folheto da gráfica de Blaise, chaves, alguns cartões de visita avulsos, *Outono alemão*, meu passaporte surrado, a garrafa com os indícios recolhidos na praia, minha passagem de tramway, meu cartão visa, meu cartão de seguridade social e aquele cartãozinho de visita, dobrado ao meio, manchado de vinho e café, onde o meu nome está escrito à pena, traços grossos e finos, ápices e hastes, ascendentes e descendentes – guarde com carinho, dissera Blaise depois de admirar a caligrafia.

Antes de sair do gabinete de Rym, Zambra fez questão de me mostrar mais uma vez as fotos vistas naquela manhã no comissariado do Havre, imagens que tinham permanecido em minha mente o dia inteiro, que eu não conseguira afastar nem elucidar. Vê-las novamente, alinhadas desta vez numa mesinha de pinho-americano, encostada na parede, tinha desencadeado em mim uma confusão inesperada: elas agora eram tão familiares que eu já não conseguia dissociá-las realmente daquelas, meio apagadas, meio fantasmáticas, que guardava de Craven no verão da nossa história, e, mais tarde, no elevador que nos levava ao subsolo do IML, olhei-me no espelho, aproximando e afastando meu rosto, tentando sobrepor a ele a imagem de mim que ele conhecera e "envelhecer" a imagem, intacta, que eu conservava dele. Seguimos um interminável encadeamento de corredores e câmaras e caminhamos durante muito tempo, nossos passos abafados sobre o linóleo, meu ritmo ajustado ao de Zambra, que visivelmente conhecia o caminho para a sala onde os corpos eram conservados, e, quanto mais nos aproximávamos, mais duvidava de minha iniciativa – que diabos eu estava fazendo naquele lugar, o que tinha me levado a pedir para vir aqui? A câmara refrigerada dos mortos estava entreaberta, iluminada por uma luz fria, avistei um compartimento puxado, vazio, o corpo tinha sido retirado para a apresentação, colocado mais longe numa maca, a nossa certamente. Ele está ali, murmurou Zambra, diminuindo o passo, atento e – eu sentia – emocionado também.

O corpo do homem do dique Norte, que entrara na noite de 16 de novembro nas instalações do Instituto Médico-Legal de Rouen com um número de código que supostamente garantiria seu anonimato, tinha passado por uma tomografia assim que chegara, sendo depois colocado num compartimento refrigerado a 4 °C – temperatura que possibilitava a autópsia, ao passo que 0 °C o tornaria duro demais para a inserção de qualquer lâmina. Estava preparado.

Era o homem das fotos, sua pele, seus traços, a forma da cabeça. Mas o lençol branco, descobrindo a parte superior do tronco, modificava algo, e a nudez dos ombros e o pescoço frágil, enrugado, me deixavam perturbada. Por mais que tentasse aclarar meu olhar, não conseguiria ser categórica: aquele homem poderia ser Craven, sim, ele se parecia com aquele que eu conhecera, mas também poderia ser alguém diferente, qualquer homem. O comum dos mortais.

Dirigi-me em pensamento para a dobra de seu braço, para aquele lugar onde a pele é fina, venosa, quase transparente, naquela prega secreta, eu me lembrava dos três pequenos pontos que formavam um triângulo na parte interna do cotovelo, aqueles pontos castanhos que eu tinha tocado com a ponta dos dedos na nossa primeira noite no Ponant, aquelas três pintas. O sinal particular de Craven. O tempo passava, naquele minuto Zambra e eu tínhamos sido precipitados numa intimidade desconhecida que ninguém poderia ter previsto pela manhã, quando eu estava sentada em sua sala, de frente para as docas.

Eu poderia ter pedido que o seu braço fosse descoberto e desdobrado sob as lâmpadas, para saber finalmente, poderia ter chamado Rym para que ela viesse realizar essa ação, mas permaneci em silêncio e não me movi. Em breve, viriam buscar o corpo, ele retornaria à escuridão total, o compartimento deslizaria num leve rolamento; e num flash revi Craven de camisa clara na plataforma da estação do Havre, naquele dia de setembro em que ele viajou, depois atrás da porta de vidro que ele fechara lentamente ao passar, seu rosto já desfocado, apagando-se através da claraboia velada pela poeira.

Este livro foi composto na tipografia ITC Berkeley
Oldstyle Std em corpo 12/16, e impresso em
papel off-white no Sistema Cameron da
Divisão Gráfica da Distribuidora Record.